कुत्ता जिसने सपने देखने की हिम्मत की

सुन-मि ह्वांग

राजपाल

अनुवाद
प्रगति सक्सेना

यह पुस्तक 'पब्लिकेशन इन्डस्ट्री प्रोमोशन एजेन्सी ऑफ़ कोरिया'
(के.पी.आई.पी.ए.) के सहयोग से प्रकाशित है
This book is published with the support of
Publication Industry Promotion Agency of Korea (KPIPA)

ISBN : 9789350643945

प्रथम संस्करण : 2016 © सुन-मि ह्वांग

हिन्दी अनुवाद © राजपाल एण्ड सन्ज़
KUTTA JISNE SAPNE DEKHNE KI HIMMAT KI (Novel)
by Sun-mi Hwang

(Hindi Edition of *The Dog who Dared to Dream* originally published as
Pureun gae jangbal by Woongjin Think Big Co. Ltd., South Korea, 2012)

राजपाल एण्ड सन्ज़
1590, मदरसा रोड, कश्मीरी गेट, दिल्ली-110006
फोन : 011-23869812, 23865483, फैक्स : 011-23867791
e-mail : sales@rajpalpublishing.com
www.rajpalpublishing.com
www.facebook.com/rajpalandsons

क्रम

बूढ़ा आदमी

उस भूरे मादा कुत्ते ने अपना सिर ज़मीन से उठाया और अपने बच्चों को दूध पिलाते हुए गुर्राई लेकिन बस इतना ही—उसने अपने दाँत तक नहीं दिखाये। 'मुझे तो लगा था वह तब आयेगा जब हम भूख से मर चुके होंगे,' वह बुदबुदाई।

तारों की जाली का दरवाज़ा जो एक कम्बल से ढँका था, खनखनाते हुए खुला। ठंडी हवा तेज़ी से भीतर आयी। जब बूढ़ा आदमी उस बड़े से लोहे के पिंजरे में दाखिल हुआ तो उसने ठंड से काँपते हुए बाहर लगे तेंदू के पेड़ के बदलते रंगों को देखा। उसके क़दमों की आहट से वह उसे पहचान गयी थी; कोई और होता तो वह इतनी शान्त नहीं रहती। आखिरकार, उसे पिल्लों को जन्म दिए अभी सिर्फ़ तेरह दिन ही हुए थे।

उस बूढ़े आदमी ने दरवाज़ा बन्द किया और ज़मीन पर एक गर्म बर्तन रख दिया जिसमें से भाप निकल रही थी। उसने सिगरेट का धुआँ छोड़ा, उसका चेहरा धुँधला हो गया। 'अब तुम लोग इतने हरे से नहीं लग रहे,' उसने नवजात बच्चों को हटाने के लिए नीचे झुकते हुए कहा। लेकिन वे आँखें बन्द करके दूध पीते रहे। 'दुष्टो! तुम इतना दूध पीकर तो उसे मार ही डालोगे।'

'मैं तो कहूँगी,' मादा कुत्ता धीरे से पैरों पर खड़े होते हुए बुदबुदाई। 'इन बच्चों को भूख बहुत लगती है।' वह थकी हुई लग रही थी। उसके निपल लाल और सूज गये थे और उसका फ़र सख्त हो गया था। उसने जल्दी-जल्दी अपना नाश्ता भकोसना शुरू कर दिया।

वह बूढ़ा आदमी उसे देखते हुए पास में ही उकड़ूँ बैठ गया और उसने अपनी सिगरेट ख़त्म कर ली। वह ठंड से काँप रही थी, उसके दुबले ढाँचे से कन्धे बाहर की तरफ़ निकले हुए दिखायी दे रहे थे। उसके बच्चे आस-पास सूँघते हुए उसके स्तनों को ढूँढने लगे, और उसका ध्यान अपनी तरफ़ खींचने के लिए धीमे-धीमे रोने लगे। उसका ध्यान पहले ही खाने पर लगा था, उसने बच्चों पर ध्यान नहीं दिया।

उस आदमी ने कोने में रखे केरोसिन के हीटर को बन्द कर दिया। वह हीटर रात भर चला था। 'सभी अलग-अलग रंग के हैं,' उसने बच्चों को देख कर कहा।

दो बिलकुल भूरे थे, दो भूरे थे और उन पर सफ़ेद रंग की चित्तियाँ थीं, तीन भूरे थे और उन पर काली चित्तियाँ थीं, और एक गहरे रंग का था लगभग नीलिमा लिये काले रंग का।

'बस कुछ दिनों की मेहनत है,' उसने पिल्लों की माँ को अपने खुरदुरे हाथों से सहलाते हुए कहा। 'हम जल्दी ही इनके लिए मालिकों को ढूँढ लेंगे।'

मादा कुत्ते ने पूरा बर्तन खाली कर दिया, लेकिन उसका पेट पूरी तरह नहीं भरा था। ज़मीन पर खाने के बचे-खुचे टुकड़ों को भी उसने चाट लिया और ऊपर उस बूढ़े आदमी की तरफ़ देखा जिसके हाथों में एक धब्बेदार पिल्ला था जो उस कम्बल से नीचे धकेला जा चुका था जिस पर पिल्ले लेटे थे।

बूढ़े आदमी ने अफ़सोस ज़ाहिर किया। 'ये सबसे पहले जन्मा...' वह उदासी से उसकी तरफ़ देखने लगा। इस पिल्ले का शरीर तो पहले ही अकड़ गया था। 'शुरू से ही कमज़ोर, और अब यह चला गया।'

'यह तो जन्म से ही बहुत कमज़ोर था,' उनकी माँ ने लम्बी साँस ली। 'उसने ठीक से दूध भी नहीं पीया। हमेशा पहले जन्मे हुए ही मुझे हर बार क्यों रुला जाते हैं?' वह हल्की गुरगुराहट के साथ नीचे लेट गयी। पिल्ले उसके पास उसे अपने सिरों से धकेलते, आगे के पंजे से उसे थपथपाते हुए दुबकने

लगे। उसका पेट हल्के से हिलने लगा। और पिल्ले उसके स्तनों तक पहुँचने के लिए उछल-कूद करने लगे। जो दो भूरे वाले सबसे ताकतवर थे, उन्होंने अपने भाई-बहनों को अलग किया और बीच में खुद आकर जम गये। इस उठापटक में काला वाला पिल्ला पीछे गिर गया। इस नन्हे से मादा पिल्ले ने फिर से अपनी जगह बनाने की कोशिश की लेकिन अपने सहोदरों के पैरों के ऊपर न चढ़ सकी। रिरियाते हुए उसने फिर कोशिश की। लेकिन किसी ने उसे जगह ही नहीं दी।

बूढ़े आदमी ने नीचे उसकी तरफ़ देखा। 'तुम पक्के तौर पर सबसे कमज़ोर तो नहीं हो। तो तुम इन लोगों को क्यों धक्का देने दे रही हो?' उसने उस छोटे, हल्के से मादा पिल्ले को अपनी हथेली पर रख लिया। 'तुम्हारी माँ को तुम्हारे जैसी सबसे अलग बच्ची कैसे हो गयी? तुम्हारा फ़र अभी से आ गया है। और तुम बिलकुल काली हो!'

'यह मेरे लिए भी पहली ऐसी बच्ची है,' मादा कुत्ते ने कहा। 'इनका पिता ऐसा नहीं दिखता।'

काले पिल्ले ने उस आदमी के हाथ को सूँघा। इसमें से धातु की गंध आ रही थी। वह इस गंध को पहचानती थी। इससे पहले, उसके भाई-बहनों ने उसे धकेला था जिससे वह नंगे फ़र्श पर गिर गयी थी। उसका सिर तार की जाली से टकराया था, और इसी गंध ने उसे घेर लिया था। उसकी आँखें फड़फड़ाईं, उसके सिर में फिर दर्द होने लगा। उसने धीरे से अपनी आँखें खोलीं और उस आदमी का झुरियों भरा चेहरा देखा, जिस पर गहरी पपड़ियों के धब्बे थे, जो वैल्डिंग करते वक्त उसके चेहरे पर पड़ी चिंगारियों से पड़े थे।

'अरे देखूँ तो तुम्हें! तुम पहली हो जिसने आँखें खोली हैं!' बूढ़े आदमी ने पिल्लों के बीच में दुबके एक भूरे पिल्ले को उठाया और उसकी जगह इस नीले-काले वाले को रख दिया।

अजनबी

'उसे फ़ौरन नीचे रख दो !' ज़ोर से बोलने वाले दद्दा स्क्रीचर ने झाड़ू घुमाई।

चौंक कर मादा कुत्ते ने स्पॉट नामक अपने पिल्ले, को नीचे गिरा दिया, जो बहुत दयनीय तरीके से रो रहा था। भौंकते हुए माँ सब्ज़ी की क्यारियों में भाग गयी जहाँ पत्तागोभी सर्दियों में बनने वाले किमची (एक तरह का अचार) के लिए तैयार हो चुकी थी।

'गन्दा कुत्ता!' दद्दा स्क्रीचर अपनी झाड़ू लहराते हुए चिल्लाये। 'इसी वक्त वहाँ से बाहर निकलो!'

सभी पिल्ले उन बुढ़ऊ को स्क्रीचर दद्दा पुकारते थे क्योंकि वे बहुत ज़्यादा चीखते-चिल्लाते रहते थे। लेकिन इसमें कुछ इन नन्हे पिल्लों की भी गलती थी। वे समूह में घूमते और आस-पास की चीज़ों को बर्बाद करते रहते, जूतों को चबा डालते, आँगन में रखे मिट्टी के बर्तनों पर जो ट्रे दादी माँ रखतीं उससे खेलते, और ट्रे पर सूखती सभी मछलियों को खा जाते, तुरई के सूखे टुकड़ों को कुतर जाते। जब वे सब्ज़ियों को चबाते-चबाते ऊब जाते तो उन पर हग देते। ज़मीन पर गिरे हुए साफ़ और सूखे कपड़ों पर पंजे मारते। एक बार तो वे किसी तरह से शेड में पहुँच गये और एक रस्सी से खेलने लगे, जो, जाने कैसे उन में से एक की गर्दन से लिपट गयी जिससे लगभग उसका दम घुट ही गया था।

'मेरी सबसे बड़ी बच्ची कहाँ गयी ?' उनकी माँ सब्ज़ी की क्यारियों से भौंकी। 'वह कहाँ है?'

बेशक, दद्दा स्क्रीचर समझ नहीं पाये कि वह क्या कह रही है। 'अब तो तुमने वाकई मेरी नाक में दम कर दिया है!' वे चिल्लाये और हाथ में झाड़ू लेकर दौड़े। मादा कुत्ता मिट्टी के बर्तनों के पीछे छिप गयी और बाद में आँगन में दौड़ गयी। वह जल्दी-जल्दी क्यारियों में गयी और वहाँ से शेड में। इस दौरान वह भौंकती रही, 'मेरी सबसे बड़ी बच्ची कहाँ है? कहाँ है वह?'

काला मादा पिल्ला स्क्रैग्ली खिड़की के नीचे दुबकी हुई अपनी माँ और दद्दा स्क्रीचर को दौड़ता-भागता देख रही थी। वह बता सकती थी कि उसकी माँ चिढ़ी हुई है। उसे सावधानी बरतनी पड़ेगी कि कहीं उसे भी बेचारे स्पॉट की तरह पीटा न जाये। उसकी माँ कुछ दिनों पहले भी नाराज़ हो गयी थी। एक अजनबी सीधे उनके पिंजरे में उनके कम्बल पर पैर रखते हुए चला आया था। उसकी गंध अपरिचित-सी थी। फिर, वह उनके चित्तियों वाले एक भाई को ले गया था।

आज सुबह भी यही हुआ था। एक आदमी दद्दा स्क्रीचर से मिलने आया और फिर उनमें से सबसे बड़े पिल्ले को अपने साथ अपने घर ले गया। लेकिन उनकी माँ इस अदला-बदली को नहीं देख पायी क्योंकि वह दादी के साथ मुर्गी फार्म गयी हुई थी। स्क्रैग्ली को उस आदमी की गंध अच्छी नहीं लगी थी—जले हुए की गंध। वह जो जूते पहने हुए था, वे जले हुए थे। जब वह अजनबी खींसें निपोरते हुए उसके पास आया, स्क्रैग्ली अपने आप में सिमट गयी। अगर वह उसकी तरफ़ हाथ बढ़ाने की जुर्रत भी करता तो वह उस आदमी को काट लेती। लेकिन उसने स्क्रैग्ली की तरफ़ देखा भी नहीं।

'बढ़िया हरकत की!' दीवार के ऊपर से एक खौफ़नाक दबी हुई हँसी की आवाज़ ने स्क्रैग्ली के विचारों को भंग कर दिया। यह बूढ़ी बिल्ली थी।

स्क्रैग्ली ने गुस्से से बिल्ली को देखा जो बहुत ऊपर बैठी थी। स्क्रैग्ली को इस बूढ़ी बिल्ली पर बिलकुल भरोसा न था। वह बस सारा दिन इधर-उधर दबे पाँव घूम कर सभी की जासूसी करती रहती। स्क्रैग्ली भौंकी। बिल्ली ने अपनी आँखें छोटी करके और दाँत चमकाते हुए व्यंग्य से उसे देखा। स्क्रैग्ली

 कुत्ता जिसने सपने देखने की हिम्मत की

को अपनी पीठ के बाल खड़े होते हुए महसूस हुए। पड़ोसी की दीवार के ऊपर धीरे-धीरे चलते हुए बूढ़ी बिल्ली हँसी, इससे स्क्रैगली को चक्कर-सा आ गया। जो आदमी सबसे बड़ी को ले गया था, वह भी बिल्ली की तरह भारी और रूखी आवाज़ में बात कर रहा था। वह बिल्ली पर भौंकी, बिल्ली ने हाथ घुमाया मानो उस पर वार कर रही हो और फिर दीवार की दूसरी तरफ़ गायब हो गयी।

'बन्द करो यह सब, तुम दोनों,' दादी रसोई से बाहर आते हुए बड़बड़ाई। 'कुत्ता और आदमी—दोनों एक जैसे ही खराब होते हैं!'

'क्या कहा तुमने ?' दद्दा स्क्रीचर गुस्से से चिल्लाये। 'कुत्ता और आदमी ?'

दादी ने ऐसा दिखावा किया मानो उन्हें यह सुनाई ही नहीं दिया। उन्होंने एक बड़ी-सी टोकरी में घास का गट्टर और एक एप्रन रखा और बाज़ार में मछली बेचने जाने की तैयारी करने लगीं। वे सुबह काम पर निकल जातीं और अँधेरा होने के बाद ही बची-खुची मछली के साथ लौटतीं जिसे वह कुत्तों के भोजन के लिए उबाल देतीं। इसी वजह से जब भी वह उनकी तरफ़ जातीं तो सभी पिल्ले अपनी पूँछ हिलाने लगते। 'पिल्लों को बेचने से मिलने वाले पैसे आपको बैंक में जमा करने हैं,' उन्होंने दद्दा को याद दिलाया। 'चानू जल्द ही डोंगी को नर्सरी स्कूल भेजने वाला है। मैं उन्हें इस मौके पर कुछ देना चाहूँगी। उसके दादा-दादी की तरफ़ से।' यह कहते हुए उन्होंने वह टोकरी अपने सिर पर रखी और घर से निकल गयीं।

'डोंगी के नर्सरी स्कूल के लिए पैसे ?' दद्दा स्क्रीचर ने शिकायती लहज़े में कहा। 'चानू ने हमारे लिए क्या किया है ? हम उसके लिए कैसे पैसा जुटा सकते हैं ? अभी मैंने दुकान का किराया नहीं दिया है और जो साइकिल के पुर्ज़े मैं लेकर आया था उनके पैसे भी देने हैं।' उन्होंने झुक कर झाड़ू को तेंदू के पेड़ के सहारे टिका दिया और नल से एक बाल्टी में पानी भरने लगे। फिर पानी की बाल्टी को खींच कर पिंजरे में रख दिया जहाँ सारे पिल्ले उनके पीछे-पीछे इकट्ठा होने लगे और अपनी थूथन बाल्टी में डालने लगे। उनकी माँ भी उनमें शामिल हो गयी।

अटपटे ढंग से स्क्रैग्ली खड़ी हुई लेकिन दूर से ही देखती रही। अगर वह उनमें शामिल होने की कोशिश करती तो उसकी माँ उसे खदेड़ देती। जब उसके भाई-बहन उसे धकियाने की कोशिश करते तो स्क्रैग्ली लड़ लेती थी, लेकिन वह जानती थी कि अपनी माँ से दूरी बनाये रखना ही बेहतर है। लगता था, उसकी माँ को वह अच्छी नहीं लगती। 'यह कुछ मैली-कुचैली सी है,' उसकी माँ इतनी ज़ोर से बुदबुदाती कि सुनाई दे जाता।

जब भी वह अपनी माँ को बड़बड़ाते सुनती, स्क्रैग्ली नीचे अपने पैरों की तरफ़ देखने लगती। यह सब उसकी आँखों तक गिरते उसके काले, खुरदुरे फ़र की वजह से ही था। कुछ ख़ास कोणों से उसके बाल नीले भी नज़र आते। उनकी माँ की देखादेखी उसके भाई-बहन भी उससे अच्छा बर्ताव नहीं करते। वे उसे अपने पास नहीं आने देते और उससे अपना खाना बाँटना भी पसन्द नहीं करते। इसलिए स्क्रैग्ली ने अपना हिस्सा झपट कर जल्दी से निगल जाना सीख लिया था।

दद्दा स्क्रीचर ने एक लम्बी सीटी बजायी। 'स्क्रैग्ली! आ जाओ।'

वह जल्दी-जल्दी वहाँ गयी और उसने अपना मुँह बाल्टी में डाल दिया, और लपलप पानी पीने लगी। जब दद्दा स्क्रीचर आस-पास होते तो स्क्रैग्ली की माँ उसे बहुत ज़्यादा परेशान नहीं करती थी। वह खुश थी कि दद्दा वहीं थे; अगर उसके भाई-बहनों ने खेलकूद में बाल्टी को ठोकर से गिरा दिया होता तो उसे रात में दद्दा और दादी के घर लौटने तक कुछ भी पीने का मौका नहीं मिलता।

हमेशा चीखने-चिल्लाने वाले दद्दा स्क्रीचर ने उसकी पीठ सहलाई। 'तुम अजीब से कुत्ते,' वह बुदबुदाये। 'तुम किसके पास जाओगे?' वह सहम गयी लेकिन भागी नहीं; उनका हाथ खुरदुरा था लेकिन गरम था। कभी-कभी दद्दा स्क्रीचर उसे 'स्क्रैग' नाम से पुकारते। उसका लम्बा चमकदार काला फ़र बढ़ने के साथ-साथ घुँघराला हो गया था। वह अपने बाकी भाई-बहनों से बहुत अलग दिखती थी, लेकिन दद्दा स्क्रीचर ने सिर्फ़ उसी का नाम रखा था।

     कुत्ता जिसने सपने देखने की हिम्मत की

दीवार पर चोर

पिछली रात बहुत ठंडी रही थी। हर चीज़ पर सफ़ेद पाले की चादर ढँकी थी; दीवार, पेड़ की शाखाएँ, सब्ज़ी की क्यारियों में उगी पत्तागोभी, घर के सामने धान के खेतों में फूस के ढेर। यह बर्फ़ की चादर सुबह के सूरज के साथ धीरे-धीरे पिघलने लगी। एक नीलकंठ उड़ता हुआ तेंदू के फलों पर चोंच मारने के लिए तेंदू के पेड़ के ऊपर बैठ गया। जब उसने बूढ़ी बिल्ली को दीवार के ऊपर धीरे-धीरे टहलते देखा तो चेतावनी देते हुए चिल्लाया।

'तुमने जो साइकिल बनायी थी, क्या उसे बेच दिया?' दादी ने काम पर जाने से पहले लम्बी साँस लेते और टोकरी को अपने सिर पर रखते हुए पूछा।

दद्दा स्क्रीचर ने एक तौलिये से अपनी साइकिल की सीट से बर्फ़ के कणों को पोंछा। 'मैंने कुछ छेद वाले टायरों को ठीक कर दिया। जो साइकिलें मैंने बनायी थीं, अगर मैं उन्हें बेच पाता तो अभी तक हम अमीर हो गये होते। अगर कोई खरीदना चाहता है तो मैं उन्हें काफ़ी कम दामों में बेच दूँगा।'

'बहुत सस्ते में मत बेचना,' दादी ने सलाह दी। 'तुमने उन साइकिलों पर इतनी मेहनत की है। तुम उन्हें कई दिनों तक ताकते रहे हो! इतनी आसानी से झुक मत जाना। उन्हें किसी की मीठी बातों में आकर यूँ ही मत दे देना।'

'मैं? और आसानी से झुक जाऊँ?' दद्दा स्क्रीचर की आवाज़ ऊँची होने लगी।

दादी दरवाज़े से बाहर निकल गयीं। 'गिरे हुए अनाज के दानों की वजह

से वे चूहों को मारने वाला ज़हर छिड़कते हैं,' उन्होंने दद्दा को याद दिलाया। 'जाने से पहले पक्का यह दरवाज़ा बन्द कर देना। हम नहीं चाहते कि कुत्ते बाहर निकल जायें और बीमार पड़ जायें।'

'मैं क्या उनका बाप हूँ?' दद्दा स्क्रीचर ने तौलिये को एक तरफ़ फेंका और बड़बड़ाए, लेकिन तब तक दादी माँ इतनी दूर जा चुकी थीं कि उन्हें यह नहीं सुनाई दिया। उन्होंने पिंजरे की तरफ़ देखा। पिल्ले अपना सिर जाली में से निकाल कर सब कुछ देख रहे थे। जैसे ही उन्होंने दद्दा को अपनी तरफ़ देखते हुए देखा, वे घबरा कर पीछे हट गये।

'चूहे मारने का ज़हर, यह तो खतरनाक है।' दद्दा स्क्रीचर ने पिंजरे के बगल में रखे लकड़ी के दो तख़्ते उठाये। 'मैं पक्का कर लूँगा कि ये महफ़ूज़ रहें। आख़िरकार इनसे मुझे अच्छे-खासे पैसे मिलेंगे।' उन्होंने दरवाज़े की तरफ़ देखा और गुस्से वाली नज़र नरम पड़ने लगी। 'वह मछली बेचने बाहर जा रही है जबकि उसकी तबियत भी ठीक नहीं...बेचारी। और हमारे एक बेटा और बेटी हैं जिन्हें हमारी मदद करनी चाहिए।' उन्होंने उन लकड़ी के तख़्तों को साइकिल के पीछे रख दिया।

पिल्लों ने तारों की जाली वाले दरवाज़े से अपने सिर बाहर निकाल लिये क्योंकि दरवाज़ा खुला था। उनकी माँ पिंजरे के बगल में बने शेड (kennel) में अपने सामने वाले पैरों पर सिर रखे ऊँघ रही थी।

दद्दा स्क्रीचर ने तारों वाले पिंजरे को खटखटाया। 'जागती रहना और घर की रखवाली करना! मैं तुम्हें सारे दिन के लिए इस पिंजरे में कैद करके नहीं रख सकता, लेकिन गेट से बाहर मत निकलना।'

मादा कुत्ता चौंक कर उठ गयी और खड़ी हो गयी। पिल्ले अपनी पूँछ नीची करके एक कोने में दुबक गये। दद्दा ने मादा कुत्ते को बाँध दिया, वे जब भी घर से निकलते थे तो ऐसा ही करते—उन्हें यह सुनिश्चित करना था कि उनकी पिल्लों को जन्म देने वाली मुख्य ब्रीडर सुरक्षित रहे। 'दादी बीमार होने के बावजूद काम पर गयी है।' दद्दा कड़ुवाहट के साथ कुत्तों को सम्बोधित करते हुए बोले, मानो उन्हीं की गलती के कारण दादी आराम नहीं कर पा रही हों। 'तुम लोग घर की अच्छे से देखभाल करना, समझे?'

  कुत्ता जिसने सपने देखने की हिम्मत की

मादा कुत्ता शान्त ही रही। 'हे भगवान, मेरे कान।'

गोल्डी, बड़े से भूरे मादा पिल्ले ने माँ की नक़ल की। 'हे भगवान, मेरे कान।'

उनकी माँ ने डाँटा, 'तमीज़ से बात करो!'

गोल्डी रिरियायी और दूसरे डर कर दुबक गये।

दद्दा स्क्रीचर हँसे। 'अपने बच्चों से इतना सख्त होने की ज़रूरत नहीं,' उन्होंने कहा। 'कोई फ़ायदा नहीं। मैं भी ऐसा ही था, और देखो इस तरह मेरा क्या हश्र हुआ। उन्हें लगता है कि उन्होंने खुद ही अपने को पाला-पोसा है! वे हमारे साथ नहीं रहना चाहते, और जब उनकी माँ बीमार होती है तो वे फ़ोन तक नहीं उठाते।' वे गेट तक अपनी साइकिल चला कर ले गये।

कुत्तों ने विदा करते हुए अपनी पूँछ हिलायी।

दद्दा स्क्रीचर बाहर निकले और गेट पर सुरक्षा के लिए नीचे की खाली जगह को बन्द करते हुए तख्ते लगा दिये।

स्क्रैग्ली दरवाज़े के पास ही रही, बहुत ध्यान से वह साइकिल के पहियों के जाने की चरमराहट सुनती रही। वह भी साथ जाना चाहती थी। वह तेंदू के पेड़ के नीचे गयी और उस फल को चाटा जो नीलकंठ के नीचे फेंकने से फट गया था। उसकी ज़बान को यह हल्का-सा जमा हुआ और ठंडा लगा।

'मैं भी भूखी हूँ,' उसके ऊपर से एक अप्रिय-सी आवाज़ ने कहा।

स्क्रैग्ली ने ऊपर देखा। बूढ़ी बिल्ली दीवार के ऊपर टहल रही थी, उस में से गन्दी-सी गंध आ रही थी। स्क्रैग्ली अपनी माँ को खोजने लगी, लेकिन वह तो पहले ही आधी अपने शेड के अन्दर थी और फिर ऊँघ रही थी, और उसके भाई-बहन सब्ज़ी के बगीचे में उछलकूद मचाते हुए ज़ोरदार तरीके से आँख-मिचौनी खेल रहे थे।

'उन्होंने सारे धान के खेतों में ज़हर डाल दिया है,' बिल्ली ने हल्का-सा हँसते हुए कहा। 'हर बार जब फ़सल कटती है वे यही करते हैं। क्या बेवकूफ़ी है! अब मैं कुछ दिनों तक चूहों को नहीं खा पाऊँगी। क्या तुम्हें मुझ बेचारी पर तरस नहीं आता?' बिल्ली दीवार पर नीचे की तरफ़ झुक कर बैठ गयी।

स्क्रैग्ली बिल्ली के दीवार से कूदकर आँगन में उतरने की आशंका से पीछे हटी।

'तुम तो ज़रूर ऊब गयी होगी,' बिल्ली ने बेईमानी से कहना जारी रखा। 'क्या तुम मेरे साथ खेलना चाहती हो?'

स्क्रैग्ली ज़ोर से चिल्लायी ताकि उसकी माँ सुन सके। उसकी माँ उठ गयी और गुर्राई। पिल्लों ने सब्ज़ियों के बगीचे से भौंकना शुरू कर दिया।

'जैसा तुम चाहो,' बिल्ली फुफकारी। वह दीवार से कूदकर अपने आँगन में उतर गयी।

स्क्रैग्ली भौंकती रही।

'चुप!' उसकी माँ ने डाँटा। 'मैं सोने की कोशिश कर रही हूँ।'

स्क्रैग्ली चुप हो गयी, लेकिन बिल्ली की गंध उसके अन्दर घूमती रही और उसे परेशान करती रही। वह तेंदू के पेड़ के आस-पास की ज़मीन को कुरेदती रही। तभी उसे सब्ज़ी के बगीचे से शोरगुल सुनाई दिया; सब पिल्ले छोटे बेबी के ख़िलाफ़ एकजुट हो रहे थे। काले चकत्तों वाला बेबी सबसे छोटा और कमज़ोर था। स्क्रैग्ली उनके नज़दीक गयी। 'बन्द करो यह सब, तुम सभी!' उसने कहा।

'भाग जाओ यहाँ से,' गोल्डी गुस्से से बोली।

बेबी रिरियाते हुए अपनी टाँग को चाट रहा था। क्या उसकी टाँग से खून बह रहा था?

'तुमने मुझे फिर परेशान किया तो मैं तुम्हारी दूसरी टाँग पर भी काट खाऊँगी।' गोल्डी ने सब्ज़ी के बगीचे से बाहर निकलने से पहले चेतावनी दी। दूसरे भी उसके पीछे हो लिये, और बेबी जहाँ था वहीं खड़ा होकर रोते हुए अपने पैर को चाटता रहा। यह पहली बार नहीं था जब गोल्डी ने अपने बड़े आकार का फ़ायदा उठाकर दूसरों पर धौंस जमाई थी।

स्क्रैग्ली मामले को छोड़कर कुछ करने लायक काम की तलाश में चल

   कुत्ता जिसने सपने देखने की हिम्मत की

पड़ी। उसे तेंदू के पेड़ के नीचे एक लकड़ी का बक्सा मिला। वहाँ बैठ कर वह उस बक्से को दाँत से कुतरने लगी, जिससे उसके नये-नये निकले दाँतों को थोड़ा आराम मिला। उन सभी को इसे चबाने में मज़ा आता था, तार की जाली को भी लेकिन गोल्डी को जूते कुतरना पसन्द था, जिससे दद्दा स्क्रीचर उस पर बहुत नाराज़ हो जाते। कुछ देर बाद स्क्रैग्ली का ध्यान दूर से आते संगीत पर गया। एक बार उसकी माँ ने बताया था कि यह संगीत एक चर्च से आ रहा है; उस चर्च के रास्ते में ही वह उनके पिता से मिली थी।

गोल्डी अब हवा में बिखरे धुले हुए कपड़ों को चबा रही थी और चकत्ते वाले पिल्ले एक-दूसरे के चेहरे को चाट कर साफ़ कर रहे थे। उनकी माँ गहरी नींद में सो रही थी। वह दिन बहुत शान्त था और आँगन गर्म धूप से भरा हुआ था।

अचानक हवा को चीरते हुए एक चीख सुनाई दी। सभी ने मुड़ कर सब्ज़ी के बगीचे की तरफ़ देखा। बूढ़ी बिल्ली पत्तागोभी के बीच में से चुपचाप निकली और दीवार पर उछल कर चढ़ गयी।

'क्या हुआ?' उनकी माँ ने अपनी ज़ंजीर को खींचा लेकिन खुद को आज़ाद नहीं कर पायी।

स्क्रैग्ली दौड़ कर बगीचे में पहुँची। वह पहचान गयी थी कि यह बेबी की चीख है। उसके साथ ही उसके भाई-बहन भी दौड़ते हुए आये। उन्होंने देखा कि बेबी क्यारी में बने एक छोटे से गड्ढे में पड़ा था। 'उठ जाओ,' स्क्रैग्ली ने उसके चेहरे को चाटते हुए कहा। लेकिन बेबी ने अपनी आँखें खोलीं और सिर्फ़ उसकी तरफ़ देखा। न चाहते हुए भी स्क्रैग्ली की नाक सिकुड़ गयी; उसके भाई से बूढ़ी बिल्ली जैसी गंध आ रही थी। उसकी गर्दन से खून बह रहा था। यह ज़ख्म काफ़ी गहरा था।

'माँ! माँ!'

'बेबी को चोट लगी है!'

'यह काम बिल्ली का है!'

सारे पिल्ले रोने लगे। उनकी माँ भौंकते हुए ज़ंजीर को खींचती रहीं। वह

उछल कर अपने घर के आस-पास दौड़ते रहने के अलावा कुछ कर भी नहीं सकती थी। 'उसे चाटो!' उसने पुकारा। 'उसे यहाँ ले आओ!'

लेकिन उनमें से कोई भी उसका ध्यान उसकी तरह नहीं रख सकता था। वे घबराने-खीजने लगे। 'वह उठ नहीं सकता!'

'माँ, तुम्हें आना पड़ेगा!'

'बेबी, यहाँ आओ!' उनकी माँ ने झटके से अपनी ज़ंजीर को खींचते हुए पुकारा। उसकी जीभ बाहर निकल आयी और वह हाँफने लगी। हर बार जब वह उछलती तो धातु की बनी ज़ंजीर झनझनाती और उसका शेड काँप उठता। लेकिन वह उस ज़ंजीर को हटा नहीं सकी क्योंकि वह ज़मीन में एक खूँटे से बँधी थी।

बेबी कराहते हुए बहुत कष्ट से ज़ोर-ज़ोर से साँस ले रहा था। उसके चेहरे पर आँसू बह रहे थे। आखिरकार, उसकी आँखें बन्द हो गयीं। उसने हिलना-डुलना बन्द कर दिया।

उनकी माँ ने ऊपर आसमान की तरफ़ देखा और दु:ख से रोने लगी।

स्क्रैग्ली ने आँसू भरी आँखों से दीवार के ऊपर देखा। बूढ़ी बिल्ली वहाँ उदासीन भाव से अपनी लम्बी जीभ से होंठों को चाटती हुई बैठी थी।

'तुम दुष्ट हो!' स्क्रैग्ली चिल्लाई।

'इसमें मेरा क्या दोष है?' बिल्ली ने आलस से पूछा। 'मैंने तो यह तय नहीं किया था कि मुझे चोट लग जाये और मुझमें से बुरी गंध आने लगे।' धीरे से वह उठी और दीवार के ऊपर टहलने लगी। वह बेबी के साथ कुछ और करने के लिए तैयार दिखी। उसकी खाल पर पड़ी धारियों से स्क्रैग्ली को चक्कर आने लगे।

उनकी माँ ने फिर विलाप किया। चर्च का संगीत धीरे-धीरे पूरे गाँव में फैल गया। वह शाम बहुत उदास थी; बेबी को तेंदू के पेड़ के नीचे दफ़ना दिया गया और उसके बाद पास के इलाके में रहने वाला एक शख़्स आया और चकत्ते वाले पिल्ले को अपने साथ ले गया।

एक प्यारा दोस्त

रात भर बर्फ़बारी हुई। स्क्रैग्ली सुबह जल्दी उठ गयी और आस-पास दौड़ती फिरी, जिससे बर्फ़ में उसके पंजों के निशान बन गये। बर्फ़ से उसके तलुवों में गुदगुदी होती और वह सीधे नहीं चल पाती। खिलखिलाते हुए, वह बर्फ़ से ढँके पूरे सब्ज़ी के बगीचे में घूमती रही। पत्ते विहीन तेंदू के पेड़ पर नीलकंठ गाने लगा, उसका गाना ऊँचे स्वर में गूँजता रहा। नीलकंठ उड़ कर नीचे आया और मादा कुत्ते के शेड के सामने बैठ गया। कुत्ते के लिए रखे खाली कटोरे पर वह चोंच मारने लगा। उसने चारों तरफ़ उदास भाव से देखा और फिर उड़ कर पेड़ पर बैठ गया।

घर की खिड़की खुली। दद्दा स्क्रीचर के चेहरे के साथ एक बच्चे के चेहरे ने उसमें से बाहर झाँका। वह बच्चा उनका पोता, डोंगी था जो देर रात को आया था।

'अरे वाह! देखो, बर्फ़!' डोंगी ने ताली बजायी।

'और बहुत सारी बर्फ़।' दद्दा स्क्रीचर ने भी ताली बजायी।

डोंगी बाहर की तरफ़ दौड़ा, जिससे गोल्डी, जो दरवाज़े के सामने बैठी थी, चौंक गयी। वह एक जूते से खेल रही थी जो उसने दरवाज़े के नीचे से बाहर खींच लिया था।

'हे! यह मेरा है!' डोंगी चिल्लाया।

जूते के आगे का हिस्सा चबाया हुआ दिख रहा था। हालाँकि गोल्डी दरवाज़े से दूर हट गयी थी, लेकिन वह जूता उसके मुँह में ही था।

'मेरा जूता।' डोंगी के होंठ काँपने लगे।

गोल्डी अपनी पूँछ हिलाते हुए उसकी तरफ़ आयी।

डोंगी का चेहरा लाल हो गया। वह ज़मीन पर धम्म से बैठ गया और ज़ोर-ज़ोर से रोने लगा। गोल्डी खेल-खेल में अपने पंजे डोंगी के सीने पर रख कर धमाचौकड़ी मचाती रही।

'तुम ऐसा कैसे कर सकती हो?' डोंगी अपनी छोटी-छोटी मुट्ठियाँ तानते हुए चिल्लाया। उसने गोल्डी को एक चाँटा जड़ा और वह रिरियाते हुए ज़मीन पर लेट गयी।

स्क्रैग्ली और स्पॉट ने अपना खेलकूद बन्द कर दिया। 'मुझे पता था ऐसा कुछ होगा! तुम इसी लायक हो!' स्पॉट ने हँसते हुए विजयी स्वर में कहा। गोल्डी को इससे पहले कभी मारा नहीं गया था। लेकिन गोल्डी ने गुस्से से उसे घूरा, तो स्पॉट ने फिर अपना ध्यान ज़ंजीर से जुड़े पिंजरे को कुतरने में लगा दिया। स्क्रैग्ली सावधानीपूर्वक गोल्डी की तरफ़ गयी। वह उसकी मदद करना चाहती थी; अगर वह बेबी को कुछ और चाट पाती और अगर वह उसे थोड़ी दिलासा दे पाती, तो वह शायद नहीं मरता।

'वापस कर दो इसे!' डोंगी अपने छोटे-छोटे पैर पटकते हुए चिल्लाया। 'वापस करो!'

यह शोर सुन कर घर के बड़े सदस्य बाहर दौड़े आये। दद्दा स्क्रीचर पहले, उनके पीछे डोंगी की माँ। दादी हाथ में कलछी लिये रसोई से बाहर आ गयीं, और डोंगी का पिता चानू, भी ऐसे बाहर निकला जैसे अब भी नींद में हो।

दद्दा को वह फटा हुआ जूता मिल गया और वे पिल्लों को गुस्से से घूरने के लिए मुड़े। 'बदमाश!' वे आँगन में गये और उन्होंने झाड़ू उठा ली।

गोल्डी ने अपनी पूँछ नीची की और शर्मिंदा होकर चुपचाप पीछे हटने लगी।

 कुत्ता जिसने सपने देखने की हिम्मत की

'भागो!' स्क्रैग्ली ने अपने आगे के पंजों को पटकते हुए कहा।

गोल्डी तेज़ी से दौड़ गयी, दद्दा स्क्रीचर उसके पीछे झाड़ू घुमाते हुए दौड़े। गोल्डी मिट्टी के बर्तनों के पास से दौड़ते हुए सब्ज़ियों के बगीचे में कुलाचें भरती हुई दौड़ गयी। फिर गेट के नीचे से रेंग कर बाहर भाग गयी।

गुस्साए दद्दा स्क्रीचर हाँफते हुए लौटे। उन्होंने अचानक स्क्रैग्ली पर घुमा कर झाड़ू से वार किया। 'तुम एकदम नये जूते का यह हाल कैसे कर सकती हो?' झाड़ू से स्क्रैग्ली को खरोंचें आयीं।

स्क्रैग्ली भाग गयी। यह तो बहुत नाइंसाफ़ी थी। आखिर, उसने तो कुछ भी नहीं किया था। उदास महसूस करते हुए उसने पीछे मुड़ कर देखा। दद्दा स्क्रीचर अब भी झाड़ू भांज रहे थे।

'दद्दा,' सिसकते हुए डोंगी ने कहा। 'गोल्डी ने यह काम किया है।'

दद्दा स्क्रीचर ने स्क्रैग्ली से माफ़ी नहीं माँगी। इसकी बजाय वे आँगन में बर्फ़ को झाड़ू से हटाने लगे। 'उस बेवकूफ़ ने जूते चबाना कहाँ से सीखा?' वे भुनभुनाये।

स्क्रैग्ली की पीठ में दर्द होने लगा। उसने अपना सिर झुकाया और पिंजरे के अन्दर चली गयी। उसे कुछ समझ नहीं आया। कभी-कभी ऐसा लगता कि दद्दा स्क्रीचर उसे बहुत चाहते हैं, लेकिन कभी-कभी वे उससे ऐसा बर्ताव करते मानो उसे त्याग दिया गया हो। जब वह उस पर इस तरह चिल्लाते तो स्क्रैग्ली दद्दा के पास भी नहीं फटकती।

नाश्ते के बाद, दद्दा स्क्रीचर डोंगी के लिए नये जूते खरीदने बाहर गये। लेकिन वह जल्द ही वापस आ गये; दुकान नये साल के मौके पर बन्द थी।

'तुम डोंगी के नये जूते बर्बाद करने के बाद खाना कैसे खा सकती हो?' दद्दा स्क्रीचर ने गोल्डी से शिकायती लहज़े में कहा। गोल्डी जल्दी-जल्दी चावल का सूप खा रही थी और उसने खाना बदस्तूर जारी रखा—खाने के मामले में वह कोई समझौता नहीं करती थी।

उनकी माँ ख़ुशी-ख़ुशी एक हड्डी चबा रही थी, यह कभी-कभी ही मिलती थी। 'पिल्ले ऐसे ही होते हैं,' वह बुदबुदाई। सीखने से पहले वे गलती करते हैं। हमें अपने दाँत तेज़ करने होते हैं। पीढ़ियों से हमने यही तो किया है।'

स्क्रैग्ली ने खाना खाया और धूप में लेट गयी। स्पॉट ने उसके साथ खेलने की कोशिश की लेकिन उदास महसूस करते हुए स्क्रैग्ली हिली भी नहीं। डोंगी उसके पास आया, उसके नन्हे पैर दद्दा के फ़र वाले जूतों में बन्द थे। स्क्रैग्ली तनावग्रस्त तो हो गयी लेकिन वहाँ से हटी नहीं।

'तुम एक शेर की तरह हो,' डोंगी ने उसके पास ही घुटनों के बल बैठते हुए कहा। वह इस नन्हे से लड़के को, उसकी चमकती हुई आँखों और लाल गालों को घूरने लगी। 'तुम्हारे बाल तो बहुत बड़े हैं। कुछ ज्यादा ही बड़े।' उसने स्क्रैग्ली के सिर को थपथपाया, पीठ को सहलाया और उसकी टाँगों को हल्का -सा कोंचा और उसके बहुत ज्यादा बढ़े हुए बालों को हटा कर उसकी आँखों में देखा। उसके पास से मीठी-सी गंध आ रही थी। उसने अपनी जेब में कुछ टटोल कर बाहर निकाला। 'यह लो। यह चॉकलेट है।'

स्क्रैग्ली ने उस छोटी-सी गोल चीज़ को सूँघा। फिर उसे खा लिया। उसने इसे पहले कभी नहीं चखा था। यह बहुत ही स्वादिष्ट थी। वह बार-बार डोंगी की हथेली चाटने लगी।

'इससे गुदगुदी होती है! तुम मुझे गुदगुदी कर रही हो!'

खिलखिलाता हुआ डोंगी स्क्रैग्ली को अच्छा लगा। उसे डोंगी की मधुर आवाज़ बहुत अच्छी लगी जो दद्दा स्क्रीचर की आवाज़ से बहुत अलग थी। उसका छोटा-सा हाथ नरम और दयालु था। डोंगी एक कंघा ले आया और उसके लम्बे फ़र को सँवारने लगा। फिर स्क्रैग्ली की आँखों पर आने वाले बालों को उसने इकट्ठा करके एक तरफ़ एक कपड़े सुखाने वाली चिमटी से बाँध दिया। इससे थोड़ी गुदगुदी हुई लेकिन बहुत मज़ा भी आया। स्क्रैग्ली ने अपनी आँखें बन्द कर लीं और तनावमुक्त हो गयी।

   कुत्ता जिसने सपने देखने की हिम्मत की

'मेरे बाल भी सँवारो!' स्पॉट उनके आस-पास कूदता हुआ बोला।

'मेरे भी, मेरे भी! मैं उससे बेहतर हूँ, वह तो गन्दी है।' गोल्डी को जलन होने लगी।

'हाँ, और वह हमेशा अकेले भी रहती है।'

वे आस-पास कूदते और लोटते रहे लेकिन डोंगी को स्क्रैगली के लम्बे बालों को सँवारने में मज़ा आ रहा था और उसने दूसरे पिल्लों की तरफ़ देखा भी नहीं।

'डोंगी, चलो, घर चलें।' चानू ने उसे गोदी में उठा लिया क्योंकि उसके पास घर तक चलने के लिए जूते नहीं थे।

डोंगी की माँ बाहर निकली, उसके हाथ में कई थैले थे। स्क्रैगली ने अपना सिर उठाया। जब वह आयी थी तो क्या उसके पास सिर्फ़ एक ही थैला नहीं था?

दद्दा स्क्रीचर का चेहरा खिन्न लग रहा था। 'इतनी जल्दी क्यों जा रहे हो? तुम्हारे पास सिर्फ़ इतना ही वक्त था कि तुम अपने अच्छे से नये जूतों को बर्बाद कर लो। तुम कल तक थोड़ा इन्तज़ार कर लेते तो हम इसके लिए नये जूते खरीद लेते।'

स्क्रैगली सोचने लगी कि किसी ने दद्दा की बात सुनी भी या नहीं। डोंगी के माँ-बाप गेट तक चलते रहे और उनके पीछे दादी उनके लिए और सामान उठाये चलती रहीं। दद्दा भी बेमन से उनके पीछे हो लिये लेकिन गेट पर ही रुक गये।

'अच्छ, चलते हैं,' डोंगी की माँ ने कहा। 'हम जल्द ही फिर आयेंगे।'

चानू बिना कुछ कहे गेट से बाहर निकल गया। डोंगी अपने पिता की गोदी में से हाथ हिलाते हुए बोला, 'बाय, स्क्रैगली!'

स्क्रैगली भी उनके साथ चलने लगी। वह चाहती थी कि ये लोग ठहर जायें। वह डोंगी के साथ खेलना चाहती थी। वह दद्दा स्क्रीचर और चानू के बीच में चलती रही लेकिन जल्द ही उसे रुक जाना पड़ा। डोंगी और चानू पहले ही काफ़ी दूर निकल गये थे।

'जीवन की इतनी सारी चीज़ें वैसी नहीं होतीं जैसी हम चाहते हैं,' दद्दा स्क्रीचर लम्बी साँस लेते हुए अपने आप में ही बुदबुदाये। 'मुझे यकीन है अगर चानू थोड़ा और कामयाब हो जाये तो वह हमारी अनदेखी नहीं करेगा। वह हमसे अपने पास रहने के लिए कहेगा। जब हम उनके लिए कुछ ख़ास नहीं कर पाये तो उनसे कुछ पाने की चाहत रखना बेवकूफ़ी है।' उनके कन्धे झुक गये। 'अब घर में बहुत खाली-खाली लगेगा। वे यहाँ इतना नहीं आते जितना उन्हें आना चाहिए...मुझे इस लड़के की बहुत याद आयेगी।' उन्होंने झाड़ू उठाई और आँगन में झाड़ू लगाना शुरू कर दिया, हालाँकि अब आँगन में साफ़ करने के लिए बर्फ़ थी ही नहीं।

मादा कुत्ता तन गयी और उसने भौंकना शुरू कर दिया। कुछ ही देर बाद उनकी पड़ोसन गेट से अन्दर आयी। 'आप क्या कर रहे हैं?' उसने मज़ाकिया लहज़े में पूछा। 'क्या आप अपने आँगन को बिलकुल साफ़-सुथरा बनाने की कोशिश कर रहे हैं?'

दद्दा ने थोड़ा झेंपते हुए झाड़ू को तेंदू के पेड़ के तने से टिका दिया।

स्क्रैग्ली पड़ोसन के पास जाकर उसका पैर सूँघने लगी। उसमें से चीनी दवाइयों की गंध आती थी जो वह एक्यूपंक्चर से लोगों का इलाज़ करने में इस्तेमाल करती थी।

एक्यूपंक्चर विशेषज्ञ ने गोल्डी को ध्यान से देखा। 'मुझे यह वाला बेच दो,' उसने पेशकश की। 'मैं आपको अच्छी कीमत दूँगी।'

गोल्डी ने अपने कान उठाये और भौंकने लगी। स्पॉट ने भी ऐसा ही किया। उनकी माँ उन सबसे तेज़ भौंकने लगी। स्क्रैग्ली तो बिलकुल घबरा गयी। बेचना? इसका मतलब था कि गोल्डी घर से चली जायेगी और फिर कभी वापस नहीं आयेगी।

'नहीं, वह नहीं।' दद्दा ने न में सिर हिलाया।

स्क्रैग्ली ने हैरानी से गोल्डी की तरफ़ देखा। दद्दा स्क्रीचर हमेशा गोल्डी

     कुत्ता जिसने सपने देखने की हिम्मत की

को डाँटते रहते थे। तो क्या वे उसे पसन्द करते थे? फिर वे किसको बेचेंगे? घबराहट में स्क्रैग्ली के बाल खड़े हो गये।

'ओह, क्या आप और पिल्लों के लिए इसे अपनी नयी 'ब्रीडर' के तौर पर पालेंगे?'

'बेशक। वह इन सबसे ज़्यादा ताकतवर और सेहतमंद है।'

'लेकिन मुझे तो यही सबसे अच्छी लगती है। मुझे सिर्फ़ इसी में दिलचस्पी है।' एक्यूपंक्चर विशेषज्ञ ने एक बार फिर कोशिश की।

'माफ़ कीजिये, यह वाली नहीं। इनकी माँ अब और बच्चे नहीं दे सकती। उसकी उम्र काफ़ी हो गयी है।' दद्दा स्क्रीचर ने स्पॉट की तरफ़ देखा और फिर स्क्रैग्ली को। स्क्रैग्ली इस डर से दूर जाकर छिप गयी कि कहीं उसे ही बेचने की बात न की जाये। वह मुड़ी और धीरे-धीरे वापस पिंजरे में चली गयी।

यह कैसा भोजन?

'छोटे बच्चे बड़े होते हैं और बूढ़े और थक जाते हैं। जब हम सर्दी के मौसम को झेलते हैं तभी हमें समझ आता है कि इसमें क्या छिपा है। सर्दियों में बहुत रहस्य छिपे होते हैं।' दीवार के ऊपर से बूढ़ी बिल्ली ने कहा। इन दिनों वह बहुत धीरे-धीरे चलती थी और उसकी आवाज़ भी कमज़ोर हो गयी थी। वह दुबली हो गयी थी; शायद सर्दियाँ उसके लिए काफ़ी कठिनाई भरी रही थीं।

'तुम यहाँ आने के बारे में तो सोचना भी मत,' स्क्रैग्ली ने गुस्से से कहा।

हालाँकि वह दीवार के ऊपर सुरक्षित बैठी हुई थी फिर भी वह इस घुड़की पर ज़रा-सी पीछे हटी। पिल्ले काफ़ी बड़े हो गये थे। 'सर्दी में तुम्हें भी कुछ हो गया है।' वह अपनी आँखें बहुत छोटी करके फुफकारी।

'मुझे कुछ हुआ है?'

'खुद को देखो। तुम बदल गयी हो। मैंने तुम्हारे जैसा कुत्ता कभी नहीं देखा।'

जिस तरह से वह बूढ़ी बिल्ली अपना सिर उठा रही थी, स्क्रैग्ली को पसन्द नहीं आया। सर्दियों में उसे क्या हुआ होगा? उसकी माँ ने तो ऐसा कुछ नहीं कहा था। लेकिन फिर, उसे तो यह कभी अच्छा ही नहीं लगता था कि स्क्रैग्ली उसके करीब आये।

'अरे,' बूढ़ी बिल्ली ने उनकी माँ को पुकारते हुए कहा। 'स्क्रैग्ली का पिता कौन है?'

'तुम्हारी हिम्मत कैसे हुई? तुम क्या भड़का रही हो?' उनकी माँ ने आँखें तरेर कर बिल्ली को देखा।

बूढ़ी बिल्ली मक्कारी से हँसी। 'मुझे हमेशा लगता था कि यह अजीब बात है कि ये वाली रंग में नीली-काली और घने बाल वाली है। और अब उसके सफ़ेद बाल भी निकलने लगे हैं! क्या वह बूढ़ी हो रही है, जबकि अभी तो वह बड़ी भी नहीं हुई? इसे सर्दियों का अभिशाप लग गया है।'

सफ़ेद बाल? स्क्रैग्ली ने खुद को गौर से देखा। उसके लम्बे, सख्त बाल ऐसे लग रहे थे मानो धूल से भरे हों। उसे लगा था कि ऐसा इसलिए हुआ है, क्योंकि वह बाहर गलियों में घूमती रहती है। क्या यह इस वजह से नहीं था?

'मुझे पक्का यकीन है कि सर्दियों की वजह से तुम्हें यह हुआ है,' बिल्ली ने कहा।

'सर्दियों की वजह से क्या हुआ है?' स्क्रैग्ली ने पूछा।

बिल्ली ने अफ़सोस ज़ाहिर करते हुए कहा, 'बेवकूफ़ कुतिया! क्या तुम चाहती हो मैं तुम्हें साफ़-साफ़ बताऊँ?'

'तुम मुझे बता क्यों नहीं देतीं? मुझे पक्का पता है कि जो तुम बताओगी, वह बकवास ही होगा,' स्क्रैग्ली ने तीखे स्वर में जवाब दिया।

'कितनी बदतमीज़ हो! तुम कुत्ते हमेशा ज़मीन पर देखते हुए चलते हो और इस बारे में कुछ कर भी नहीं सकते। तुम दूर की तो सोच ही नहीं सकते।'

'चुप रहो और भागो यहाँ से!' उनकी माँ गुर्राई।

बूढ़ी बिल्ली टहलते हुए दीवार के अन्त तक गयी। उसने उबासी ली, अपनी पीठ को सिकोड़ा और अँगड़ाई ली। उसके दाँत अब भी बहुत पैने थे और वह फुर्तीली दिखती थी। 'कुढ़ो मत। यह तो साफ़ है कि सर्दियाँ तुम पर

अपना असर दिखा रही हैं, और यह असर बढ़ेगा ही। अभी तुम्हारा मालिक बीमार है और उसे सुबह ही अस्पताल जाना होगा। ऊपर मेरे ठिकाने से मुझे पता चलता रहता है कि आस-पड़ोस में क्या चल रहा है।'

'मुँह बन्द रखो!' उनकी माँ उछली लेकिन ज़ंजीर ने एक झंकार के साथ उसे पीछे खींच लिया।

दीवार की दूसरी तरफ़ से एक स्वर ने पुकारा। 'किटी, खाने का वक़्त हो गया!'

'बिलकुल हो गया है,' बूढ़ी बिल्ली ने कहा और एक बनावटी हँसी के साथ गायब हो गयी।

स्क्रैग्ली दद्दा स्क्रीचर की साइकिल के नीचे लेट गयी। बिल्ली की बातों ने उसे चिंता में डाल दिया था। सर्दियों की वजह से उसे क्या हो रहा था? उसने अपने आगे के पंजों को ध्यान से देखा। काले रंग के साथ अलग-अलग रंग के बाल मिले हुए थे। ऐसा कब हुआ था? उसने उन सभी को चाटा लेकिन सबका स्वाद एक जैसा ही था। उसने तय किया कि वह अपनी माँ के पास जाकर पूछेगी। 'माँ, मुझे क्या हुआ है?'

उसकी माँ ने आँखें नहीं खोलीं। 'इसकी चिंता मत करो।'

'मुझे लगता है, मैं बदल गयी हूँ। सर्दियों की वजह से मुझे क्या हुआ है?'

'उस गली की मामूली बिल्ली ने जो कहा है उस पर परेशान मत हो। तुम बस तुम ही हो। कुछ भी नहीं बदला है।'

'मेरे बाल...'

उसकी माँ ने त्यौरियाँ चढ़ा लीं।

स्क्रैग्ली चुप हो गयी।

'देखो, तुम इस तरह की इसलिए हो क्योंकि हमारे पुरखे बहुत तरह के थे,' उसकी माँ ने आखिरकार कहा।

'पुरखे ?' स्क्रैग्ली ने अपना सिर उठाया।

उसकी माँ खाँसी। 'बहुत से पुरखे हों तो उनके वंशज भी अलग-अलग तरह के होते हैं। तुम्हें अभी यह समझ नहीं आयेगा। मेरे खयाल से तुम हमारे जंगली पुरखों की तरह लगती हो।'

'तो उनके फ़र—'

'बेवकूफ़ बच्ची!' उसकी माँ ने गुस्से से कहा। 'दद्दा स्क्रीचर अस्पताल में हैं। जब मालिक की तबियत खराब हो तो परिवार से उम्मीद की जाती है कि वह शान्ति से उनका इन्तज़ार करेगा। यही हमारा फ़र्ज़ है।' और उसने अपनी आँखें फिर बन्द कर लीं।

उसकी माँ ने इससे पहले इतने जवाब कभी नहीं दिए थे। स्क्रैग्ली जानती थी कि अब वह और सवाल नहीं पूछ सकती। निराश होकर वह फिर साइकिल के नीचे दुबक गयी।

दद्दा स्क्रीचर कई दिनों से बहुत बीमार चल रहे थे। दादी घर पर रह कर उनकी देख-रेख में लगी रहतीं, और कुत्तों को भोजन में सिर्फ़ चावल ही दिया जाता। दद्दा सुबह आँगन में झाड़ू नहीं लगाते और उनकी साइकिल भी खड़ी रहती। वे अब फूलों की क्यारियों और सब्ज़ी के बगीचे में भी काम नहीं करते, जो सिर्फ़ आधे जुते हुए पड़े थे।

एक जंगली कुत्ता। लेकिन उसके बाल पहले तो इस तरह के नहीं थे। उसे याद आया कि दद्दा स्क्रीचर ने ज़िक्र किया था कि उन्हें अपनी तबियत पहले जैसी अच्छी नहीं लग रही। और फिर वे बीमार पड़ गये थे। स्क्रैग्ली ने कपड़े सुखाने वाले तार पर लटकती हुई डोंगी की पैंट की तरफ़ देखा। कुछ दिन पहले वह छोटा लड़का आया था। दद्दा स्क्रीचर का बेटा और बेटी अपने परिवारों के साथ अपने बीमार पिता को देखने आये थे। डोंगी पानी उछालते हुए और आँगन और सब्ज़ी-बगीचे में दौड़ लगाते हुए सिर्फ़ स्क्रैग्ली के साथ ही खेला। अगर उसकी माँ ने बाहर आकर उसकी पैंट भीग जाने पर उसे डाँटा न होता तो वह

कुत्ता जिसने सपने देखने की हिम्मत की

स्क्रैग्ली के साथ खेलता ही रहता। जब वह घर जाने लगा तो डोंगी नये लाल जूते पहने था जो दद्दा स्क्रीचर ने उसके लिए ख़रीदे थे। जूतों को घर वापस लाने के बाद दद्दा स्क्रीचर ने उन्हें जूतों की अलमारी के ऊपर रख दिया था कि कहीं गोल्डी नये जूतों को भी न चबा डाले। दोनों हाथों में एक-एक जूता पकड़े दद्दा स्क्रीचर गुनगुनाये थे, ऐसे नाचते हुए मानो वे उस लड़के को ही अपनी बाँहों में पकड़े हों। जब दादी भीतर आयीं तो वे फ़ौरन रुक गये और कुछ और करने का दिखावा करने लगे।

'मुझे भूख लगी है,' स्पॉट भुनभुनाया। 'सब लोग कहाँ हैं?'

'मेरी तो भूख से जान निकली जा रही है! सारे दिन से हमने कुछ नहीं खाया है!' गोल्डी खाली कटोरे को ही चाटने लगी। पानी का कटोरा भी खाली था।

'माँ, दादी कब वापस लौटेंगी?' स्पॉट दबी आवाज़ में ठिनकने लगा।

उनकी माँ ने हमेशा की तरह ऊँघते हुए आँखें भी नहीं खोलीं। क्या सर्दियों की वजह से माँ को भी कुछ हो गया था? परेशान और घबरायी हुई स्क्रैग्ली टहलते हुए गेट की तरफ़ जा निकली। उसे किसी चीज़ की गंध आयी। उसे यह गंध हल्की-सी याद थी। उसके कान खड़े हो गये। उसने गेट की दरारों के बीच से अपनी नाक बाहर निकाली और सूँघने लगी।

वह बहुत तेज़ गंध थी। उसे साइकिल की चरमराहट की आवाज़ सुनाई दी। स्क्रैग्ली ने पीछे मुड़ कर आँगन में खड़ी साइकिल को देखा। साइकिल के पहियों की आवाज़ दद्दा की साइकिल से नहीं आ रही थी।

गोल्डी को भी उस गंध और आवाज़ का एहसास हुआ। स्पॉट भी ध्यान से सुनते हुए वहाँ आ गया।

'खाना!' गोल्डी चिल्लायी।

स्पॉट भौंका। उनकी माँ ने अपनी आँखें खोलीं और धीरे-धीरे खड़ी हो गयी।

स्क्रैग्ली का सिर ज़ोर से फड़कने लगा। उसका सीना तन गया। उसने यह आवाज़ पहले भी सुनी थी; गेट के बाहर से गुज़रती हुई एक अपरिचित साइकिल। वह हर बार इस आवाज़ पर भौंकती थी, लेकिन अब कुछ था जो अलग था।

साइकिल बाहर रुक गयी। स्क्रैग्ली ने क़दमों की आहट सुनी—अपरिचित कदम। वह गंध और भी तेज़ हो गयी। 'यह क्या है? इसकी गंध बड़ी खराब है!' वह चिंतित होकर आगे-पीछे टहलने लगी।

स्पॉट और गोल्डी भी बेचैनी से हवा में सूँघने लगे। उनकी माँ जीभ लपलपाने लगी और ज़ंजीर खींचने लगी, जिससे ज़ंजीर उसके शेड से टकरा कर खनखनाने लगी। वह गंध और कदम उनकी तरफ़ बढ़ते रहे; स्क्रैग्ली और तेज़ी से घूमने लगी और स्पॉट और गोल्डी उछलकूद करने लगे। उनकी माँ अपनी ज़ंजीर खींचती रही। अपरिचित गंध के बीच भोजन की खुशबू भी थी।

दीवार से कोई चीज़ उड़कर आयी और ऐन उनकी माँ के शेड के सामने गिरी। वह मांस का एक टुकड़ा था।

अकेले घर की ओर

स्क्रैग्ली ने उस मांस को सूँघा और पीछे हट गयी। 'इसकी खुशबू ठीक नहीं है।' लेकिन उसके मुँह में तो पहले से पानी आ रहा था। वह लगभग उस पर मुँह मारने ही वाली थी कि उसने खुद को रोक लिया। उसने इस अजीब-सी गंध को पहले भी सूँघा था। इससे उसका सिर चकराने लगा और उसके फ़र के बाल खड़े हो गये।

उनकी माँ गुर्राई और उसने मांस को सूँघा। स्पॉट और गोल्डी उसके चारों तरफ़ दौड़ते रहे लेकिन उसमें मुँह मारने की जुरत नहीं की। 'इसमें से कुछ गंध आ रही है, है न?' उनकी माँ ने उसे सूँघा और कुरेद कर देखा। 'क्या यह सड़ा हुआ नहीं है?' स्पॉट और गोल्डी उसे घेर कर खड़े हो गये। उन्हें दूर रखने के लिए उनकी माँ ने गुस्से से घूरा।

'माँ, हम भूखे हैं!' स्पॉट ठिनका।

'मुझे तो अभी ये चाहिए! मैं भूखी हूँ!' गोल्डी विलाप करने लगी।

वे सब भूखे थे, भूख से ढेर होने की कगार पर। उस सुबह जब से दद्दा स्क्रीचर और दादी जल्दी-जल्दी अस्पताल गये थे तब से उन्होंने पानी का एक घूँट भी नहीं पिया था।

'जानती हूँ, जानती हूँ। हम मीन-मेख निकालने की हालत में नहीं हैं।' उनकी माँ ने एक टुकड़ा खाया।

'माँ, नहीं!' स्क्रैग्ली ने अपने पैर पटके और भौंकी।

उसकी माँ ने उस पर ध्यान नहीं दिया और मांस का एक टुकड़ा दाँत से काटा।

स्क्रैग्ली ने थूक गटका। वह इतनी भूखी थी कि उसके पेट में ऐंठन होने लगी थी।

'मुझे भी चाहिए!' स्पॉट और गोल्डी ने माँस को दोनों तरफ़ से पकड़ा और गुर्राते हुए उसे अपनी-अपनी तरफ़ खींचने लगे। स्क्रैग्ली चिंतित होकर उनके आस-पास घूमने लगी। वह इतनी भूखी थी कि उसके मुँह से पानी निकल रहा था, लेकिन उस अप्रिय गंध से उसके सिर में दर्द होने लगा था।

उसके परिवार ने वह मांस खा लिया, कुछ भी नहीं छोड़ा। अब भी वे भूखे थे इसलिए ज़मीन को सूँघ रहे थे।

स्क्रैग्ली भी उनके साथ सूँघने लगी, उसके मुँह से अब भी लार टपक रही थी। उसे भी मांस खा लेना चाहिए था। सभी लोग खाने के बाद ठीक ही तो थे। स्क्रैग्ली का पेट गुड़गुड़ाने लगा। काश, उसने भी एक निवाला खा लिया होता! अपने परिवार को नयी ऊर्जा से उछलता-कूदता देखकर वह बहुत पस्त महसूस करने लगी। उसका शक बेबुनियाद निकला; अब उसे खाने को कुछ नहीं मिलेगा। उसे चक्कर आने लगे। वह वापस साइकिल के पास गयी और उसके नीचे जाकर दुबक गयी। उसे एक निवाला तो खा ही लेना चाहिए था। स्क्रैग्ली ने अपने मुँह में इकट्ठा हुए लार को निगला और आँखें बन्द कर लीं। वह सो ही जाये तो अच्छा है। उम्मीद है, जब तक वह उठेगी अँधेरा हो चुका होगा और दादी वापस आ चुकी होंगी। शायद वे उन्हें खाने के लिए फलियों का सूप और चावल दें। उसने अपना सिर हिलाया। उसे भोजन के बारे में नहीं सोचना चाहिए; उसे बस सोने की कोशिश करनी चाहिए।

　　　　　　कुत्ता जिसने सपने देखने की हिम्मत की

गेट चरमराते हुए खुला।

स्क्रैग्ली ने हैरानी से सिर उठाया।

एक आदमी एक बड़ी-सी साइकिल चलाते हुए अन्दर आ रहा था। लेकिन वह दद्दा स्क्रीचर नहीं थे।

'तुम कौन हो?' स्क्रैग्ली भौंकी। 'माँ! कोई अजनबी है!'

कोई हिला भी नहीं। किसी ने अपना सिर नहीं उठाया न ही कोई आवाज़ की। कुछ बुरा हो गया था। स्क्रैग्ली दौड़ कर अपनी माँ के पास गयी और उसे टहोका मार के उठने की कोशिश की। लेकिन वह हिली भी नहीं। वे सभी इतनी गहरी नींद में सो रहे थे मानो आधी रात का वक्त हो। वे खर्राटे भी ले रहे थे। स्क्रैग्ली अपनी पूरी ताकत से भौंकते हुए पीछे हटी।

'इस वाले ने यह खाया ही नहीं?' अजनबी बुदबुदाया।

वह आवाज़! स्क्रैग्ली फिर भौंकी, उसकी गर्दन के बाल गुस्से में खड़े हो गये। इस आवाज़ से उसके दिमाग में एक पुराने जूते की छवि कौंध गयी, आग से झुलसे जूते की। इस गंध ने तब भी उसके सिर में दर्द कर दिया था जब उसके एक चित्ते वाले सहोदर को ले जाया गया था। हालाँकि उस दिन दद्दा स्क्रीचर वहाँ मौजूद थे। अभी यह आदमी यहाँ क्या कर रहा था?

'बाहर निकलो!' स्क्रैग्ली भौंकी। 'घर पर कोई नहीं है!'

'अरे, लानत है! मैं इसे चुपचाप नहीं ले जा पाऊँगा,' बिना इजाज़त अन्दर आने वाला शख्स अपने आप में बुदबुदाया। उसने अपनी साइकिल सहारे से टिकाई और स्क्रैग्ली की तरफ़ देखते हुए साइकिल के पीछे से एक छोटा-सा तारों का पिंजरा उठाया।

स्क्रैग्ली भौंकती और भौंकती रही। वह शोर मचाते हुए इधर-उधर उछल-कूद करने लगी लेकिन अजनबी पर असर नहीं पड़ा। उसने पिंजरा खोला और उसकी माँ को अन्दर रख दिया। उसकी माँ शिथिल थी।

'मत करो ऐसा! तुम क्या कर रहे हो?' स्क्रैग्ली चिल्लायी।

'यह तो बहुत दुबली है और बूढ़ी भी। इसकी कोई ख़ास क़ीमत नहीं होगी। उम्मीद है, कम-से-कम पिल्लों का तो अच्छा दाम मिलेगा।' अजनबी आराम से काम कर रहा था, मानो उसे मालूम हो कि घर पर कोई नहीं है। उसने गोल्डी को उठाया और पिंजरे में रख दिया।

भौंकते हुए स्क्रैग्ली उछली और उसकी बाँह पर काट खाया।

'ओह! तुम छोटी—' उस आदमी ने स्क्रैग्ली के सिर पर तमाचा मारा।

वह गिर गयी, लेकिन फिर उछल कर उठी और उस पर फिर से झपटी।

उस आदमी ने वह ज़ंजीर उठा ली जो उसकी माँ के गले में पड़ी थी। 'तुम भी चीज़ हो! तुम में ज़रूर कुछ जंगली खून है। ठीक है, तो तुम भी पक्का मेरे साथ चल रही हो।'

स्क्रैग्ली भौंकती रही। वह मन ही मन मना रही थी कि दद्दा स्क्रीचर जल्दी से लौट आयें। अजनबी ने स्क्रैग्ली को दूर रखने के लिए ज़ंजीर हिलायी और स्पॉट को गर्दन से पकड़ लिया। वह उसे घसीटने लगा। उसके भाई का शरीर निष्क्रिय था। वह दयनीय लग रहा था।

स्क्रैग्ली फिर उस पर झपटी, लेकिन वह आदमी ज्यादा फुर्तीला था। उसने स्क्रैग्ली को एक लात मारी और वह एक तरफ़ जा गिरी। अब उसका पूरा परिवार उस छोटे पिंजरे में बन्द था।

'माँ! जागो!' स्क्रैग्ली चिल्लायी। 'अपनी आँखें खोलो!'

वह आदमी ज़ंजीर को घसीटते हुए उसके पास आया। ज़ंजीर की झनझनाहट उसके दिल पर चोट कर रही थी। उसका शरीर जल रहा था और दिल ज़ोर से धड़क रहा था।

'आओ, बच्चे। अच्छे कुत्ते।' वह आदमी दाँत दिखाते हुए हँसा। उसके दाँत पीले थे।

   कुत्ता जिसने सपने देखने की हिम्मत की

स्क्रैग्ली ने हार मानने का संकेत देते हुए अपने शरीर को झुका लिया लेकिन फिर तेज़ी से आगे दौड़ी। उसने उस आदमी के टखने में काट खाया और उसे ज़ोर से पकड़े रही। वह आदमी चिल्लाया और पीठ के बल गिर पड़ा। उसने फिर स्क्रैग्ली को मारा। उसे ऐसा लगा मानो उसका सिर फट जायेगा। लेकिन उसने आदमी को छोड़ा नहीं। उस आदमी ने दोनों हाथों से ज़बर्दस्ती उसका जबड़ा खोला।

बगल के घर के दरवाज़े से एक आवाज़ आयी।

स्क्रैग्ली ने लुढ़कते हुए आँगन पार किया। उसके चेहरे से खून बह रहा था। काँपते हुए, वह खड़ी हो गयी और उस आदमी को गुस्से से घूरने लगी।

'यह तो बेहूदा बात है।' वह उठा और लँगड़ाते हुए अपनी साइकिल की तरफ़ बढ़ा।

स्क्रैग्ली फिर आगे की तरफ़ उछल कर दौड़ी लेकिन उसे सारी दुनिया घूमती महसूस हुई और वह गिर पड़ी। लड़खड़ाते हुए वह उठी, लेकिन वह आदमी तो साइकिल चला कर बाहर निकल रहा था।

'नहीं!' वह फूट-फूट कर रो पड़ी और उसके पीछे भागी।

लेकिन वह पहले ही साइकिल पर सवार हो चुका था और घरों की दीवारों के साथ बनी तंग गली में तेज़ी से जा रहा था। वह घबरा कर उसके पीछे दौड़ी। अपने सिरदर्द और चेहरे पर बह रहे खून के बारे में भी वह भूल गयी।

'रुको! चोर! उन्हें जाने दो!' वह उसके पीछे तेज़ी से दौड़ी।

लेकिन साइकिल इतनी तेज़ चल रही थी कि वह उसे पकड़ नहीं पायी। उस तंग गली में दौड़ते हुए उसने आगे आने वाली सड़क पार कर ली। हाँफते हुए उसका दिल उसके मुँह तक आ गया था। उसका सीना कसा हुआ महसूस होने लगा। किसी तरह वह पहाड़ी पर बने पुश्ते के पास साइकिल के पहियों के करीब पहुँच गयी।

'अरे, तुम छोटी-सी—' वह साइकिल लहरा गयी।

साइकिल के साथ दौड़ते हुए स्क्रैग्ली ने अपने दाँत उस आदमी के पैर में गड़ा दिए। उसने स्क्रैग्ली को पैर हिला कर हटाने की कोशिश की लेकिन वह सख्ती से पकड़े रही। साइकिल डगमगायी लेकिन चलती रही। उस अजनबी का जूता फिसल कर गिर गया। यह सोच कर कि यह उसका पैर है, वह उसे झपट कर फाड़ने लगी, लेकिन अचानक उसके एक तरफ़ बहुत तेज़ दर्द उठा। उस आदमी ने उसे फिर लात मारी थी।

'वाहियात, नीच जानवर!'

स्क्रैग्ली रिरियाई और छपाक से पुश्ते से नीचे बहती छोटी-सी नदी में गिर गयी। पानी बहुत ठंडा था; सुबह बर्फ़ जो पड़ी थी। स्क्रैग्ली छपछपाते हुए पानी में चलने लगी। ठंड से उसकी हड्डियाँ तक ठिठुर गयीं और शरीर अकड़ा हुआ महसूस होने लगा। 'बचाओ!' उसने पूरी ताकत से अपने पैर चलाये जब तक कि वह सूखी ज़मीन तक न पहुँच गयी। पानी की सूखी खरपतवार पर उसने अपना सिर रखा और कुछ देर के लिए आँखें बन्द कर लीं। ठंड से उसके दाँत किटकिटाने लगे। अब वह आदमी और उसकी साइकिल कहीं दिखायी नहीं दे रही थी। उसके आस-पास सिर्फ़ अँधेरा और ठंडी, काटती हुई हवा थी। वह डगमगाते हुए सड़क तक पहुँची और पानी को झाड़ लिया, लेकिन वह पूरी भीगी हुई थी। हवा उसकी त्वचा पर चुभ रही थी।

उसे वह पुराना-सा जूता दिखायी दिया जो उसने उस आदमी के पैर से झटक कर खींच लिया था। काँपते हुए वह रोने लगी, 'यह सब कैसे हो गया?' यहाँ तो वह कुछ नहीं कर सकती थी; उसे घर जाना था। उसने वह जूता अपने मुँह में पकड़ा और मुड़ी। शायद जैसे-तैसे सभी वापस आ ही जायें। अगर उसकी माँ पिंजरे में जाग गयी होती तो वह बहुत गुस्सा हो जाती। जब वह गुस्से में होती तो वह बहुत भयानक हो जाती थी। वह उस आदमी को किसी तरह भी सभी को नहीं ले जाने देती। स्क्रैग्ली धीरे-धीरे घिसटते हुए घर की ओर चल पड़ी। चलते-चलते उसके बालों में बचा पानी जमने लगा और उसकी पूँछ नीचे

कुत्ता जिसने सपने देखने की हिम्मत की

लटक गयी। ज़रूर यही बात रही होगी; सर्दी के पास उसके लिए यही भयानक बदलाव रहा होगा। सर्दी क्यों उसके साथ ऐसा करेगी? क्या सर्दी को उससे नफ़रत थी? स्क्रैग्ली गली में मुड़ी और दीवार के साथ बने तंग रास्ते पर आ गयी। वह गली के अन्त तक देखने के लिए सिर को उठाये हुए धीरे-धीरे चल रही थी। उसे किसी की आवाज़ सुनाई नहीं दी। उसका गला रुंध गया। आँखों से गर्म आँसू बह चले।

फिर उसे दद्दा स्क्रीचर नज़र आये, गेट के सामने वे एक परछाई की तरह खड़े थे। अपने दाँतों में अब भी वह पुराना जूता पकड़े स्क्रैग्ली के मुँह से एक सिसकी निकली।

'स्क्रैग?' दद्दा स्क्रीचर की आवाज़ काँप रही थी।

वह लड़खड़ाते हुए उनके पास गयी। वे झुक गये और उन्होंने अपनी बाँहें खोल दीं, और वह उनकी बाँहों में दुबक गयी।

'यह क्या है?' उन्होंने अपनी आँखें तिरछी करके देखा और उसके मुँह को खोल दिया। वे उस पुराने जूते को गुस्से में आग-बबूला होकर घूरने लगे। उन्होंने स्क्रैग्ली को, उसके ठंड से जमे फ़र और उस पुराने जूते को देखा। उन्होंने हल्के-से उसे गले लगाया। उनके काँपते आलिंगन में उसे एक गहरी आह सुनाई दी।

कभी कोई तुम सा नहीं मिला

'इधर-उधर मत टहलो,' दद्दा स्क्रीचर ने डाँटा, हालाँकि अब तक स्क्रैग्ली पूरी तरह बड़ी हो गयी थी। फिर भी, उनका लगातार टोकना, बड़बड़ाना बहुत बढ़ गया था। स्क्रैग्ली अब लम्बा टहलना चाहती थी और चर्च की बजती घंटियों के पीछे जाना चाहती थी। लेकिन दूसरी तरफ़, दद्दा स्क्रीचर उसे ताले में बन्द रखना चाहते थे। वे गेट को बाहर से बन्द रखते और एक बार तो उन्होंने उसकी माँ की ज़ंजीर भी उसके गले में डालने की कोशिश की। स्क्रैग्ली ने इसका विरोध किया और बिलकुल इनकार कर दिया, और दद्दा स्क्रीचर ने भी इसके लिए ज़िद नहीं की। आखिरकार, कुत्तों की चोरी तभी हुई थी जब मादा कुत्ता को ज़ंजीर से बाँध कर रखा गया था। 'सावधान रहना, ठीक है? घर में ही रहना।' दद्दा स्क्रीचर गेट से बाहर निकले और उन्होंने गेट पर ताला लगा दिया।

स्क्रैग्ली गेट तक गयी और उन्हें जाते हुए देखा। उसे बहुत एकाकी लगने लगा।

'तो, तुम बाहर निकलना चाहती हो, अच्छा!' दीवार के ऊपर से बूढ़ी बिल्ली ने ज़ोर-ज़ोर से साँस लेते हुए कहा। पिछले कुछ दिनों से बिल्ली अपने पुराने तेवर में नहीं थी। कल तो वह दीवार से नीचे फिसल भी गयी थी। 'बूढ़े लोगों को तो सभी बातों की चिंता होने लगती है, लेकिन नौजवानों को रोका नहीं जा सकता।'

'चुप रहो!' स्क्रैग्ली ने अपनी माँ की तरह कहा। अब जबकि सिर्फ़ वही बची थी, तो जब तक उसकी माँ और भाई-बहन वापस नहीं आ जाते, घर की देखभाल करना उसकी ज़िम्मेदारी थी। वह बिल्ली की रहस्यपूर्ण बातों को नहीं सुनना चाहती थी। हालाँकि बूढ़ी बिल्ली अपनी गहरे ज्ञान की अकड़ दिखाती थी, लेकिन वह जो भी कहती थी, स्क्रैग्ली को उसमें कोई मतलब नज़र नहीं आता था।

स्क्रैग्ली ने ऊपर उस पुराने जूते की तरफ़ देखा जिसे दद्दा स्क्रीचर ने पिंजरे के ऊपर बाँध दिया था। जो कुछ भी हुआ था, वह उसे कभी नहीं भूलेगी। जब सब घर वापस लौट आयेंगे तो वह उन्हें बताएगी कि वह जूता वहाँ क्यों लटक रहा था। वह ऊँघने लगी लेकिन जब उसे चर्च से आता संगीत सुनाई दिया तो उसने अपना सिर उठाया। उस शान्त आँगन में संगीत की धुन उसे ऐसे सुनाई दी मानो वह उसके कानों को गुदगुदाते, फुसफुसाते हुए उसे अपनी ओर बुलाने का आग्रह कर रही हो। उसने चारों तरफ़ देखा। वह बूढ़ी बिल्ली कहाँ थी? एक्यूपंक्चर विशेषज्ञ का कुत्ता हल्के-हल्के रिरिया रहा था। उसे हमेशा ज़ंजीर से बाँध कर रखा जाता क्योंकि उसका झुकाव बाहर भटकने और मुसीबत खड़ी करने की तरफ़ था। शुक्र था कि इसीलिए वह बार-बार झाँक कर उसे परेशान नहीं करता था। वह उससे बात करना चाहता था लेकिन वह बता सकती थी कि उससे बात करना मुसीबत बुलाना है। वह ज़मीन पर सपाट लेट गयी और रेंग कर गेट से बाहर निकल गयी। दद्दा स्क्रीचर ने सोचा कि गेट पर ताला लगाना ही काफ़ी था लेकिन उन्हें यह एहसास नहीं हुआ कि वह इस तरह भी आँगन से बाहर निकल सकती है। वह टहल कर वापस आने में देरी नहीं करती थी; उसे महसूस होता था कि उसके परिवार के सदस्यों के चोरी हो जाने के बाद से दद्दा को घर को अकेला छोड़ने में घबराहट होती है।

वह संगीत उसे बुला रहा था। वह ज़मीन पर निशान बनाते हुए चर्च की तरफ़ चलने लगी। पहले पहल, वह सिर्फ़ गोल्डी की नक़्ल करते हुए ऐसा करती थी, लेकिन अब यह उसकी आदत में शुमार हो गया था, यह उसका दूसरे

कुत्तों को यह बताने का तरीका था कि वे उससे दूरी बनाए रखें। खासकर वह एक्यूपंक्चर विशेषज्ञ का मूर्ख कुत्ता। आज उसने तय किया कि वह उस घर से बच कर ही निकलेगी; वह रास्ता उसे उस रास्ते और पुश्ते की तरफ़ ले जाता, और वहाँ जाकर उसे वह सब याद आ जाता जो उसके परिवार के साथ घटित हुआ था और इससे उसके बाल खड़े हो जाते और सीने में जकड़न महसूस होने लगती।

स्क्रैग्ली उस छोटी नदी के साथ-साथ संगीत सुनते हुए चलने लगी। गुनगुनाते हुए, वह खेतों, धान के खेतों, गाँव के सामुदायिक केन्द्र और सूअरों वाले घर के आगे निकल गयी। गाँव के करीब स्थित दुकान के आगे एक छोटा-सा चौराहा था। स्क्रैग्ली रुकी। इससे आगे वह अकेले कभी नहीं गयी थी। कुछ मौकों पर वह दादी के साथ दद्दा स्क्रीचर की साइकिल की दुकान तक गयी थी लेकिन बस उन्हीं मौकों पर वह उस जगह से आगे गयी थी जिस जगह वह अब खड़ी थी।

उसने अपने दायीं ओर मकानों की पंक्ति वाले रास्ते को चुना। वह एक ऐसी पहाड़ी पर आ गयी जहाँ घने देवदार के पेड़ थे। उसके पीछे चर्च था। वह धीरे-धीरे उस तरफ़ बढ़ी। संगीत का स्वर वहीं से आ रहा था, लेकिन यह कौन बजा रहा था? वह अधीर और तनावग्रस्त हो गयी। उसके चारों तरफ़ अनेक तरह की अजनबी गंध और स्वर घूम रहे थे। संगीत बन्द हो गया। स्क्रैग्ली ने आस-पास देखा। हमेशा ऐसा ही होता था; संगीत हमेशा रुक जाता। वह क्यों रुक जाता था?

'अरे, यह बालों वाली कौन है?'

स्क्रैग्ली मुड़ी। एक दुबला और चित्तियों और लम्बी टाँगों वाला कुत्ता उसकी तरफ़ मुस्कुराते हुए आया और उसे सूँघने लगा। 'तुम्हारा नाम क्या है? तुम कहाँ रहती हो? तुम अच्छी दिखती हो।'

अब यहाँ से जाना ही बेहतर होगा। वह यहाँ दोस्त बनाने नहीं आयी थी,

खासकर ऐसे कुत्ते से तो नहीं जो इतना बुरा-सा दिख रहा था। वह वापस जाने के लिए मुड़ी।

'ऐ, तुम!' उसका रास्ता रोकते हुए दूसरा कुत्ता गुर्राया। उसका सिर पिचका हुआ था और गोलमोल टाँगें थीं। स्क्रैग्ली एक कदम पीछे हट गयी।

एक भूरे रंग का आवारा कुत्ता भी, जिसके बाल खुरदुरे और आँखों में नींद भरी थी, टहलता हुआ आ गया। 'तुम हमारे इलाके में हो,' उसने अपने दाँत चमकाते हुए कहा।

पिचके हुए सिर वाले कुत्ते ने एक कदम आगे बढ़ाया। 'और तुम हमारे इलाके में अपने निशान बना रही हो। तुम सिर्फ़ एक मादा हो। इस तरह तुम मुसीबत को बुलावा दे रही हो।'

'उसे सबक सिखाना चाहिए कि हम कौन हैं,' भूरे आवारा कुत्ते ने कहा।

पिचके सिर वाला कुत्ता सूँघता हुआ उसके करीब आया और उसकी छान-बीन करने के लिए स्क्रैग्ली को पीछे से सूँघने लगा। वह दुबक कर घर की दिशा में चलने लगी।

भूरा कुत्ता अपने कन्धे ताने उसके पास आया, चित्तियों वाले कुत्ते ने भी ऐसा ही किया। ज़ाहिर था कि चित्तियों वाला कुत्ता अन्य दो कुत्तों जितना आत्मविश्वासी नहीं था। वह पहले एक कुत्ते के पीछे खड़ा हुआ फिर दूसरे कुत्ते के, लेकिन वह लगातार स्क्रैग्ली को देखता रहा।

स्क्रैग्ली को महसूस हुआ कि उसकी मांसपेशियाँ तन गयी हैं। अगर उन्होंने उस पर हमला किया तो उसे लड़ना पड़ेगा; अगर उन्हें लगा कि वह डरपोक और कायर है तो वह कभी घर नहीं जा पायेगी। 'मैं तुम्हें तंग नहीं कर रही हूँ,' उसने हल्के से, विनम्रता से कहा। वह जाना चाहती थी।

'तुम्हें समझ नहीं आया, क्यों?' चित्तियों वाले कुत्ते ने व्यंग्य से हँसते हुए कहा। 'तुम्हारी मौजूदगी ही हमें तंग कर रही है।'

     कुत्ता जिसने सपने देखने की हिम्मत की

पिचके हुए सिर वाला कुत्ता फिर गुर्राया। 'हमारे इलाके में आने के लिए कुछ नियमों का पालन करना पड़ता है। तुम यहाँ यूँ ही अपनी मर्ज़ी से आ-जा नहीं सकतीं।' उसने अपने बड़े से सीने और टाँगों की मांसपेशियाँ लचकाते हुए अपना शरीर झुकाया।

भूरे कुत्ते ने भी ऐसा ही किया।

उसकी माँ इस हालत में क्या करती? गोल्डी क्या करती? अगर लड़ना ही पड़ा तो वह ज़रूर लड़ेगी, लेकिन वह बिना किसी बखेड़े के वहाँ से जाना चाहती थी। उसकी साँसें तेज़ हो गयीं और उसका शरीर तन गया।

भूरे कुत्ते ने उसकी तरफ़ छलाँग लगायी। स्क्रैग्ली ने अपनी आँखें बन्द कर लीं। उसके कन्धों में दर्द होने लगा। फिर उसे होश आया : अपने धड़ को नीचे लाते हुए उसने अपने शरीर को एक धनुष की तरह झुका लिया। 'मुझे छूना भी मत!' वह गुर्राई।

जब वह चोर उसके पूरे परिवार को लेने आया था तो उसे बहुत आसानी से हरा दिया गया था। दोबारा उसे पकड़ना इतना आसान नहीं होगा। अब वह बच्ची नहीं थी। उसने उन तीनों कुत्तों को बारी-बारी से देखा जो उसे घेरे हुए थे। उसे एक से तो जीतना होगा, अच्छा होगा कि उनके नेता से जीते। उसने अपने पैर झुकाए और पिचके सिर वाले कुत्ते पर निशाना साधा। वही सबसे ताकतवर और निडर लग रहा था। उसने पीछे हटने का दिखावा किया, फिर पिछली टाँगों पर खड़े होकर स्क्रैग्ली ने उसकी गर्दन पर काट खाया। दूसरे कुत्ते भी उस पर टूट पड़े।

'कुत्तों की लड़ाई! खून भी निकला!' छोटे बच्चे उनकी तरफ़ दौड़े।

'पकड़ो उसे! धर लो उसे!'

'यह तो बहुत गलत है, बालों वाला तो बिलकुल अकेला है!'

'यह कबाड़ की दुकानवाले का कुत्ता है। हमें उस दुकानवाले को बताना होगा!'

कुछ बच्चों ने लकड़ियाँ उठायीं और उनसे कुत्तों को अलग-अलग करने की कोशिश की लेकिन ज़्यादातर बच्चे आतंकित होकर देखते रहे। चारों कुत्ते गुत्थमगुत्था होकर लुढ़क गये। स्क्रैग्ली उनके नीचे कुचली जा रही थी। उसे काटा गया था। आख़िरकार वह दूसरे कुत्तों से बच निकली, उसके दाँत पिचके सिर वाले कुत्ते की गर्दन पर गड़े हुए थे और वह दर्द से तड़प रहा था।

अचानक, वे कुत्ते पीछे हट गये। स्क्रैग्ली ने भी कुछ देर असमंजस में पड़ कर कुत्ते को छोड़ दिया। कुछ लोगों ने अपनी कमीज़ उतार ली थी और उसे कुत्तों की लड़ाई पर लहरा रहे थे। लेकिन स्क्रैग्ली को लगा कि उसने एक कुत्ते को हुक्म देते हुए सुना, 'फ़ौरन ख़त्म करो ये सब!' उसने हाँफते हुए चारों तरफ़ देखा।

'मैंने तुमसे कहा था, कोई बखेड़ा खड़ा मत करना!' यह उसकी कल्पना मात्र नहीं थी। एक गहरी, साफ़ आवाज़ ऐसा बोल रही थी।

भूरा आवारा कुत्ता और चित्तियों वाला कुत्ता मायूस हो नीचे देखने लगे। अपनी दुम दबा कर वे भीड़ में छिप गये। पिचके सिर वाला कुत्ता लगभग रेंगते हुए पीछे हट गया। स्क्रैग्ली ने अपनी आँखों पर आते बालों के बीच में से देखा। एक सफ़ेद कुत्ता, जिसकी गर्दन के बाल चमक रहे थे और खड़े थे, भीड़ में रौब से खड़ा था। वह ज़रूर इस इलाके का मुखिया होगा।

'यह बालों वाला कुत्ता तो वाकई चीज़ है! यह किसका है?' भीड़ में तमाशबीनों में से किसी ने कहा।

'उस बेवकूफ़ कुत्ते की अच्छी पिटाई हुई।'

स्क्रैग्ली धीरे-धीरे वहाँ से चलने लगी, उसके शरीर में दर्द हो रहा था। उसका अंग-अंग दु:ख रहा था लेकिन वह दृढ़ता से बिना पीछे देखे आगे बढ़ती गयी। उसका घर अभी बहुत दूर था। उसकी आँखों में आँसू भर आये।

'तुम ठीक तो हो?'

हैरान स्क्रैग्ली पीछे मुड़ी। यह वही सफ़ेद कुत्ता था। वह फिर हमले की

    कुत्ता जिसने सपने देखने की हिम्मत की

मुद्रा में आ गयी। क्या उसे लड़ना पड़ेगा ? लेकिन वह तो उसकी तरफ़ चिंतित होकर देख रहा था। उसकी गर्दन के बाल खड़े नहीं बल्कि सपाट थे। वह निश्चिंत हो गयी।

'वह बहुत खतरनाक था,' वह बोलता रहा। 'तुम्हें उनसे बचना चाहिए।'

स्क्रैग्ली ने कन्धे उचकाए। उसे घर पहुँचना था। अगर उसकी माँ और भाई-बहन वहाँ होते तो वे उसके ज़ख्मों को चाट लेते और उसे बेहतर महसूस होता।

'मैं तुम्हारी जैसी मादा से पहले कभी नहीं मिला,' सफ़ेद कुत्ते ने कहा। 'मैंने कभी किसी मादा कुत्ते को इस तरह लड़ते नहीं देखा।'

स्क्रैग्ली शर्मिंदा महसूस करने लगी, लेकिन उसकी इस टिप्पणी से उसका गुस्सा थोड़ा बढ़ गया। वह क्या बात कर रहा था ? चूँकि वह मादा थी इसका यह मतलब तो कतई नहीं था कि वह चुपचाप खड़ी होकर पिटती रहेगी। उसे लगा कि उसे इस सफ़ेद कुत्ते को भी काट खाना चाहिए।

सफ़ेद कुत्ता उसके करीब आया। और एक शब्द बोले बगैर, वह उसके ज़ख्मों को चाटने लगा।

विश्वासघात

स्क्रैग्ली ने काले वाले पिल्ले को चाटा। 'मत करो, स्क्रैग्ली। वह पहले ही मर चुका है।' दद्दा स्क्रीचर ने हल्के से उस ठंडे पड़े, छोटे से बच्चे को हटा दिया।

स्क्रैग्ली निराश होकर बैठ गयी। वह उसके चार नवजात पिल्लों में से सबसे छोटा और कमज़ोर था। वह सिर्फ़ दो दिन ही जीवित रहा।

'वह तुम्हारे जैसा दिखता था,' दद्दा ने सहानुभूतिपूर्वक कहा। 'मुझे अफ़सोस है कि उसकी ज़िन्दगी बस इतनी ही थी।'

स्क्रैग्ली ने अपना सिर झुका लिया। उससे क्या गलती हुई थी? उसने उसे साफ़ किया था। उसने ध्यान रखा था कि उसे कोई चोट न पहुँचे; जब दूसरे बच्चे छटपटा कर उससे लिपटते तो वह सुनिश्चित करती कि कहीं ये इसे कुचल न दें। लेकिन वह इस दौरान हमेशा काँपता रहता, हल्के से साँस लेता और धीरे-धीरे हिलता-डुलता। सबसे खतरनाक बात तो यह थी कि उसकी गंध ठीक नहीं थी। दूसरे बच्चों की गंध मीठी थी लेकिन इसकी गंध शुरू से ही खट्टी-सी थी।

दद्दा स्क्रीचर ने समुद्री शैवाल के सूप का कटोरा उसके सामने रख दिया। 'इसे खा लो। अपने बच्चों को पालने के लिए तुम्हारा अच्छी तरह खाना ज़रूरी है।'

अगर उसे इतने कम समय के लिए ही जीना था, तो उसने जन्म ही क्यों

लिया था ? उसने तो अभी अपने पहले कदम भी नहीं उठाये थे। स्क्रैग्ली ने दद्दा स्क्रीचर की तरफ़ उदास निगाहों से देखा।

'तुमने पहली बार बच्चों को जन्म दिया है इसलिए तुम्हारे लिए यह ज़रूर बहुत मुश्किल होगा,' दद्दा ने कहा। 'पिल्ले कभी-कभी मर जाते हैं। यही बेहतर होता है। सोचो, क्या होता, अगर वह बड़े होकर वह सब नहीं कर पाता जो उसे करना चाहिए ?'

स्क्रैग्ली दबी आवाज़ में रोने लगी, उसे अपना छोटा भाई याद आ गया जो सब्ज़ी के बगीचे में मर गया था। क्या उसका मृतक बच्चा थोड़ा गर्म हो जाता अगर वह उसे थोड़ा-सा और चाटती ?

दद्दा स्क्रीचर ने सूप की तरफ़ इशारा किया। 'स्क्रैग्ली, रोना बन्द करो और खाओ !'

स्क्रैग्ली उनके सख्त हाथ को चाटने लगी। वे हल्के से उसकी गर्दन को सहलाने लगे। उनके दुलार भरे स्पर्श ने उसे याद दिलाया कि हालाँकि उसका एक बच्चा चला गया, लेकिन उसे तीन और बच्चे भी तो जनने का सौभाग्य मिला है, एक सफ़ेद और दो स्लेटी पिल्ले। स्क्रैग्ली धीरे से उठी। पिल्ले, जो उसका दूध पी रहे थे, रिरियाते हुए नीचे गिर गये।

दद्दा स्क्रीचर पिंजरे से बाहर निकले और उन्होंने कम्बल से ढँके दरवाज़े को बन्द कर दिया। 'मैं भी बिला वजह परेशान था! मैं बता सकता हूँ कि स्क्रैग्ली एक अच्छी 'ब्रीडर' है।'

स्क्रैग्ली सफ़ेद कुत्ते के बारे में सोचते हुए सूप खाने लगी। बहुत वक्त बीत गया था; वसंत का मौसम जा चुका था और तेज़ गर्मी वाली ग्रीष्म ऋतु भी ढल रही थी। उस पहली मुलाकात के बाद स्क्रैग्ली ने फिर उसे कभी नहीं देखा। उसे सफ़ेद कुत्ते की याद आती। पिल्ले बड़े होकर बहुत सुन्दर निकलेंगे, बिलकुल अपने पिता की तरह। खासकर सफ़ेद वाला तो अपने नुकीले कानों तक बिलकुल अपने पिता पर गया था।

　　　　　कुत्ता जिसने सपने देखने की हिम्मत की

स्क्रैग्ली ने अपनी नाक तक उस बर्तन में घुसा दी और बर्तन की तली दिखायी देने तक खाती रही। वह एक करवट लेट गयी और उसके बच्चे उसके पेट को महसूस करते वहाँ आ पहुँचे। उसने अपने छोटे उठते-गिरते बच्चों को देखा। तीन तो बहुत कम थे। अगर काला वाला भी ज़िन्दा होता तो उसकी बच्चों की कमी उसे इस तरह न खलती। हालाँकि वह जानती थी कि अन्तत: वह शान्त हो जायेगी। इतने छोटे और कोमल जीव अपने आप से कैसे साँस ले सकते हैं? उनमें से हरेक की अपनी उष्णता भी थी। उसकी माँ और भाई-बहनों की चोरी होने के बाद से पहली बार उसका अपना परिवार बना था। दद्दा स्क्रीचर उसके काले वाले बच्चे को तेंदू के पेड़ के नीचे दफ़ना देंगे; अगर वह उसका बच्चा न हो सका तो वह फलों के लिए उपजाऊ मिट्टी तो बन ही जायेगा। उसने एक लम्बी साँस ली। हालाँकि उसका बड़ा-सा पिंजरा एक कम्बल से ढँका था, लेकिन वह फिर भी बाहर की सभी चीज़ों को सूँघ सकती थी। वहाँ बूढ़ी बिल्ली भी थी, शायद यह जानने को बेताब कि पिंजरे के अन्दर क्या चल रहा है। स्क्रैग्ली ने खुद को श्रेष्ठ महसूस करते हुए अपनी नाक सिकोड़ी और मुस्कुरायी। हालाँकि बूढ़ी बिल्ली ऐसा दिखावा करती थी मानो वह सब जानती हो, वह बच्चे पैदा नहीं कर सकती थी। स्क्रैग्ली ने नीचे अपने बच्चों की तरफ़ देखा। वह उन्हें उस बूढ़ी बिल्ली से सुरक्षित रखेगी। वह उन्हें कुछ भी नहीं होने देगी। बेबी के साथ एक अर्से पहले जो हुआ था, उसे सोचने मात्र से ही उसके बाल सिरे से खड़े हो गये। लेकिन पिंजरे में उसे कोई चिंता करने की ज़रूरत नहीं थी; दद्दा इस बात को पक्का कर लेते कि उसे कोई परेशानी न हो। कम्बल के कारण उसे एकान्त भी मिल जाता; सिर्फ़ वही उसके लिए खाना लेकर आते। वे रात भर रौशनी के लिए बल्ब जलाये रखते ताकि वह अपने बच्चों की देखभाल कर सके।

इसके कुछ समय बाद ही बच्चों ने अपनी आँखें खोलीं। वे अब गोल-मटोल हो रहे थे। जल्द ही वे पिंजरे से बाहर निकलने लायक भी हो गये।

'बच्चो, दीवार के पास मत जाना। बगल के घर में रहने वाली बिल्ली से

सावधान रहना। वह बूढ़ी और सीधी-सादी दिखती है, लेकिन वह कुछ भी कर सकती है।' स्क्रैग्ली ने चेतावनी दी।

बूढ़ी बिल्ली हर बार उसका मज़ाक उड़ाती। 'उन्हें क्या पता?'

खराब मौसम अपने साथ एक त्रासदी भी लाया। एक दिन तेज़ हवा चल रही थी, आसमान बादलों से ढँका था, पिंजरे के अन्दर पिल्ले सुरक्षित थे जबकि शेड के बगल में खड़ा बड़ा आड़ू का पेड़ और बगीचे में लगे तेंदू और कमीलया* का फूल वाला पेड़ ज़ोर-ज़ोर से हिल रहे थे। पत्तियाँ टहनियों से टूट कर हवा में उड़ रही थीं। पेड़ सीधे खड़े होने में असमर्थ थे और हवा में तेज़ी से इधर-उधर झूल रहे थे। ऊपर काले बादल घिर आये। खिड़कियाँ हिलने लगीं और दद्दा स्क्रीचर के घर की छत पर लगी स्लेट की टाइलें खतरनाक ढंग से खड़खड़ाने लगीं।

काँपते और रिरियाते हुए सभी पिल्ले एक-दूसरे में दुबक गये। 'डर लग रहा है,' वे सभी कह रहे थे।

स्क्रैग्ली बेचैन होकर दद्दा स्क्रीचर का इन्तज़ार करते हुए शेड के अन्दर-बाहर चक्कर काट रही थी। तेज़ हवा के हर झोंके के साथ स्लेट की छत हिल रही थी। दीवार पर कद्दू की बेल के पत्ते सरसराते हुए काँप रहे थे। एक बड़ा-सा कद्दू बेल से नीचे आ गिरा।

स्क्रैग्ली व्याकुल होकर भौंकने लगी। अचानक आये हवा के तेज़ झोंके से छत की बहुत-सी टाइलें पलट गयीं। छत एक उग्र साँप की तरह ऊपर उठने लगी। कुछ टाइलें हवा में उड़ीं और पड़ोस के घर में जाकर धड़ाम से गिरीं और चकनाचूर होकर हर तरफ़ बिखर गयीं।

स्क्रैग्ली अपने शेड में आकर दुबक कर बैठ गयी। उसने ऐसा नज़ारा

---

*चीन और जापान की एक सदाबहार झाड़ी जिस पर गुलाब जैसे लाल या गुलाबी रंग के फूल आते हैं।

पहले कभी नहीं देखा था। अब तेज़ बारिश शुरू हो गयी। फूलों के बगीचे में बारिश के पानी की धारा बहने लगी। इस बहते हुए पानी के किनारों पर टूटी हुई पत्तियाँ इकट्ठा हो गयीं और सब्ज़ी के बगीचे में भर गयीं। स्क्रैग्ली के शेड की छत पर मोटी-मोटी पानी की बूँदें शोर मचाने लगीं। उसने अपने आगे के पंजों से अपना सिर ढँक लिया। आखिरकार हवा धीरे-धीरे हल्की पड़ गयी। दद्दा स्क्रीचर घर आ गये। स्क्रैग्ली उन्हें देख कर बहुत खुश हुई लेकिन वे कुछ कर नहीं सकते थे। वे छत के बाकी हिस्से को बचाए रखने की कोशिश में पूरी तरह भीग गये थे।

सुबह तक तूफ़ान ख़त्म हो गया। सब कुछ उलट-पुलट हो गया था। दद्दा स्क्रीचर ने नाखुशी से चारों तरफ देखा। उनकी पड़ोसन भी दद्दा स्क्रीचर की टाइलों से उसकी छत को जो नुकसान हुआ था उसकी शिकायत करने आयी। 'अगर कुछ टाइलें बदल दी जायें तो सब ठीक हो जायेगा,' उसने कहा। 'जब आपको इन्हें ठीक करने वाला कोई मिल जाये तो आप हमारी भी ठीक करवा सकते हैं।'

दद्दा स्क्रीचर ने एक लम्बी साँस ली लेकिन बहुत विश्वास से कहा, 'बिलकुल।'

'शुक्रिया। यह बहुत बढ़िया रहेगा।'

स्क्रैग्ली को उसका बर्ताव बिलकुल उसकी बूढ़ी बिल्ली जैसा ही लगा कुछ ठंडा और रौब भरा।

'लानत है,' पड़ोसन के जाने के बाद दद्दा स्क्रीचर बड़बड़ाए। 'इसमें तो बहुत पैसा लगने वाला है। अभी मैंने कबाड़ की दुकान में भी सभी चीज़ों का भुगतान नहीं किया है, और मैं चानू से मदद नहीं माँग सकता, क्योंकि खराब मौसम में उसकी दुकान का साइन बोर्ड भी टूट गया है।' वे लगातार सिगरेट पी रहे थे उनका चेहरा और उनके चेहरे पर शिकन साफ़ दिख रही थी। धुएँ में से वे उन पिल्लों को देखते रहे जो मलबे से भरे सब्ज़ी के बगीचे में धमाचौकड़ी मचा रहे थे।

अगले दिन दद्दा स्क्रीचर ने स्क्रैग्ली की गर्दन में एक ज़ंजीर डाल दी। उसने अपनी पिछली टाँगों पर खड़े होकर विरोध किया, बहुत भौंकी भी, दद्दा को आश्वस्त करने के लिए कि वे अगर उसे खुला छोड़ दें तो वह उनके रास्ते में नहीं आयेगी। लेकिन उन्होंने उसे एक खम्भे से बाँध दिया। वह इस पर खुश तो नहीं थी, लेकिन वह समझती थी; आँगन में सफ़ाई करने के लिए यह ज़रूरी था कि वह उनके रास्ते में न आये।

फिर एक आदमी गेट में से अन्दर आया।

स्क्रैग्ली की आँखें फैल गयीं। उसने भयानक रूप से भौंकना शुरू कर दिया। यह वही चोर था। वह ज़ोर से उछलने और गुर्राने लगी।

वह आदमी हिचका, लेकिन फिर उसकी चापलूसी करती मुस्कुराहट लौट आयी। 'मैं बता सकता हूँ कि उनकी वंशावली अच्छी है।'

'तीनों के लिए कितना दोगे ?' मुँह बनाते हुए दद्दा स्क्रीचर ने रूखाई से साफ़-साफ़ पूछा।

स्क्रैग्ली कुछ न समझते हुए दद्दा को घूरने लगी।

वह आदमी खींसें निपोरने लगा। 'आप इस बड़े वाले को नहीं बेच रहे ?'

'नहीं, मैं इसे रखूँगा। यह तो मादा कुत्ता है, ''ब्रीडर'' है।'

'वे अच्छे तो हैं, लेकिन ये तो महज़ पिल्ले हैं,' वह आदमी नाक चढ़ा कर बोला।

स्क्रैग्ली का दिल डूबने लगा। दद्दा स्क्रीचर उसके सभी बच्चों को बेच रहे थे ?

'देखो, किम,' दद्दा ने रुखाई से कहा। 'मैं कुत्तों के बारे में जानता हूँ। तुम्हें ऐसे पिल्ले कहीं नहीं मिलेंगे। अगर मेरी छत की मरम्मत का मामला नहीं होता तो मैं इन्हें नहीं बेचता।'

मेरे बच्चे नहीं ! स्क्रैग्ली उछल कर उनकी तरफ़ दौड़ी। उसने कुत्तों के उस

व्यापारी को काटने की कोशिश की तो उसकी ज़ंजीर ने उसे पीछे खींच लिया। उसके नाखून से ज़मीन पर खरोंचें पड़ गयीं। वह उसके नज़दीक नहीं जा सकती थी। उसके मुँह से फेन निकलने लगा।

कुत्तों के व्यापारी ने आँख तक नहीं झपकाई। दद्दा स्क्रीचर ने उसकी तरफ़ देखा भी नहीं। किसी ने उसके बच्चों को हाथ भी लगाया तो वह उसके टुकड़े-टुकड़े कर देगी।

कुत्ता व्यापारी ने स्क्रैग्ली की तरफ़ देखा। 'यह कुत्ता, तो वाकई अपने आप में चीज़ है।'

उसकी जुरत कैसे हुई! स्क्रैग्ली की आँखें जलने लगीं। उसका सीना कसा हुआ महसूस होने लगा। दद्दा स्क्रीचर उसके साथ ऐसा विश्वासघात कैसे कर सकते थे?

'ज़रा सँभल कर बोलो,' दद्दा स्क्रीचर ने चेताया। 'हम जो कहते हैं, कुत्ते वह सब कुछ समझते हैं।'

कुत्ता व्यापारी हँसा। 'क्या यह सही है?'

'तुम्हें नहीं लगता कि वह जानती है कि उसके बच्चों को उससे दूर ले जाया जा रहा है? मैं तुम्हें ये पिल्ले अच्छे दाम पर बेच दूँगा, इसलिए इस काम को जल्दी कर लेते हैं। मैं भी इसे लेकर कोई खुश नहीं हूँ।' दद्दा स्क्रीचर पिंजरे की तरफ़ गये।

पिल्ले फूट-फूट-कर रो पड़े। स्क्रैग्ली उछलती और ज़ंजीर खींचती रही। जब उसे मौका मिला था तभी उसे इस कुत्ता व्यापारी को और ज़ोर से काटना चाहिए था। उसे आखिर तक उस आदमी पर अपनी पकड़ बनाए रखनी चाहिए थी।

'उन कुत्तों को लेने का क्या मतलब है जो ठीक से बड़े नहीं हुए हैं?' कुत्ता व्यापारी बुदबुदाया लेकिन वह दद्दा स्क्रीचर के पीछे-पीछे आ गया। जब उसने पिंजरे पर वह पुराना जूता लटका हुआ देखा तो वह रुक गया। उसने स्क्रैग्ली की तरफ़ देखा। 'असल में, हाँ, मैं इन्हें ले लूँगा। मैं-मैं जानता हूँ कि इनकी नस्ल अच्छी है।'

दद्दा स्क्रीचर की बाँह

स्क्रैग्ली को ज़ंजीर से बाँध कर पिंजरे में बन्द कर दिया गया था। उसका कटोरा खाने से भरा था लेकिन उसने खाने को छुआ भी नहीं था। वह बस घूमती रहती और उसकी ज़ंजीर झनझनाती रहती। उसने अपनी नज़रें दद्दा स्क्रीचर से नहीं हटाई थीं, जो कि छत की मरम्मत कराने में जुटे थे। उन्होंने पड़ोसी की छत ठीक करने के लिए मज़दूरी पर आदमी रखे थे लेकिन अपनी छत की मरम्मत वे खुद कर रहे थे। वह उन्हें माफ़ नहीं कर पायी थी। स्क्रैग्ली गुर्राई। स्क्रैग्ली को अपने बच्चे वापस चाहिए थे। चिल्लाते और भौंकते-भौंकते उसका गला बैठ गया था, लेकिन वह रुक नहीं रही थी।

बूढ़ी बिल्ली छत के ऊपर घूम रही थी। 'ज़रा खुद को सुनो। अब तुम्हारी आवाज़ वाक़ई बहुत खराब लग रही है। यही तो ज़िन्दगी है, जानती हो। हम अलविदा कहते हैं, वे मर जाते हैं, लेकिन ज़िन्दगी चलती रहती है। मुझे मालूम है ये कैसे होता है। मैं कभी एक ऐसे मादा कुत्ते से नहीं मिली जो अपने सारे बच्चों के साथ रह पायी हो।'

'चुप रहो!' स्क्रैग्ली चिल्लायी।

'मैं कह रही हूँ, इसका कोई फ़ायदा नहीं। तुम जानती हो कि ये बुढ़ऊ कैसे हैं। कुत्ते उनके लिए जेब खर्च की तरह हैं। वे चले गये, स्क्रैग्ली। वे अब कभी वापस नहीं आयेंगे। कभी नहीं।'

'मैंने कहा, चुप रहो !'

'हे भगवान, मेरे कान ! ठीक है, जो मर्ज़ी हो, वह करो। मैं तो सिर्फ़ मदद करने की कोशिश कर रही हूँ। मैं एक अच्छी पड़ोसन बनने की कोशिश कर रही हूँ। तुम कभी-कभी वाकई बेवकूफ़ी भरा बर्ताव करती हो।' बिल्ली दीवार के दूसरी तरफ़ कूद कर चली गयी।

क्या यह फिर सर्दी की ही करतूत थी ? वह उस मूर्ख बूढ़ी बिल्ली की बात नहीं सुनना चाहती थी, लेकिन वह हैरानी से सोचे बिना न रह सकी कि सर्दी का मौसम ही उसके लिए सारी बुरी चीज़ें क्यों लेकर आता है। स्क्रैग्ली थक कर हाँफते हुए धीरे-धीरे इधर से उधर घूमती रही। अगर उसे पिंजरे में नहीं बाँधा जाता तो उसने दद्दा स्क्रीचर पर छलाँग लगा कर उन्हें काट लिया होता। वे उसकी तरफ़ अपनी पीठ किये घुटनों के बल बैठे थे। उसे उनसे नफ़रत होने लगी।

दद्दा स्क्रीचर पूरी सुबह स्लेट की छत को सुरक्षित बनाने के लिए वेल्डिंग करते रहे थे। उनमें से आम दिनों से ज़्यादा धातु और लोहे की गंध आ रही थी। वेल्डिंग की चिंगारियाँ हवा में उड़ रही थीं; और एक नीला-सा धुआँ माहौल में छाया हुआ था। स्क्रैग्ली को चर्च से आता हुआ संगीत सुनाई दिया। ऐसा लगा जैसे यह संगीत बहुत दूर से आ रहा है। उसके दिल में एक टीस-सी उठी। उसके अन्दर दुःख की एक लहर दौड़ गयी। उसे याद आया कि जब वह उस सफ़ेद कुत्ते से मिली थी तो उसे कैसा महसूस हुआ था। उसे याद आया कि जब बेबी की मौत हुई थी तो उसकी माँ कैसे ऊपर आसमान की तरफ़ देख कर रोयी थी। उसे लगा, अब वह जान गयी है कि उसकी माँ को कैसा महसूस हुआ होगा। उसने ऊपर आसमान की तरफ़ देखा, अपनी माँ की तरह, और रोने लगी।

'चुप रहो, स्क्रैग्ली !' दद्दा स्क्रीचर चिल्लाये।

उन पर ध्यान न देते हुए, स्क्रैग्ली ने और भी ज़ोर से और लम्बे समय तक विलाप किया।

'चुप रहो ! कुत्ते की ऐसी आवाज़ बदकिस्मती लेकर आती है।'

स्क्रैग्ली रोती रही।

 कुत्ता जिसने सपने देखने की हिम्मत की

'तुम छोटी—' दद्दा स्क्रीचर ने अपने वेल्डिंग के उपकरणों को एक तरफ़ रखा और उठ खड़े हुए।

स्क्रैग्ली हठपूर्वक विलाप करती रही। मूर्ख बुढ़ऊ। इसने उसके सारे बच्चों को एक चोर के सुपुर्द कर दिया। वह ऐसा कैसे कर सकता था ?

'तुम सारी रात भौंकती रहीं, तो कोई भी सो नहीं पाया। अब तुम वाकई मेरे सब्र का इम्तिहान ले रही हो।' दद्दा स्क्रीचर ने चेहरे का बचाव करने वाली काली शील्ड को वापस अपने चेहरे पर खींच लिया और उसकी तरफ़ घूरा।

स्क्रैग्ली को डर नहीं लगा। उसने भी उनको घूरा और फिर रोने लगी; उनकी नज़रें अपनी तरफ़ मोड़ने का सिर्फ़ यही तरीका था।

'लानत है,' दद्दा स्क्रीचर गुस्से से बोले।'मैंने तुमसे कहा, चुप रहो! तुमने तो नाक में दम कर दिया।'

स्क्रैग्ली को रुकना मंज़ूर न था। वह नाराज़ थी। यह नाइंसाफ़ी थी।

दद्दा स्क्रीचर का चेहरा लाल हो गया और वे उसकी तरफ़ तेज़ी से चलते हुए आये। उन्होंने तेंदू के पेड़ के सहारे टिकी झाड़ू उठा ली। 'तुम्हारी इतनी हिम्मत!' उन्होंने पिंजरा खोला और झाड़ू से स्क्रैग्ली को ज़ोर से मारा। उसने उन्हें इतना उग्र और गुस्से में कभी नहीं देखा था।

स्क्रैग्ली ने भौंकते हुए, घूरते हुए, अपने दाँत दिखाते हुए उनके वार से अपना बचाव किया। उसकी पीठ, नितम्ब और पिंडलियों पर पड़ रहे हर वार से उसके दिल में टीस उठती। उसकी गर्दन पर पड़ी ज़ंजीर कस गयी थी। अच्छा ही होता अगर वह चोर उसकी माँ और भाई-बहनों के साथ उसे भी ले जाता।

'तुम इस घर के लिए बदकिस्मती ला रही हो!' दद्दा स्क्रीचर चिल्लाये।

वह उन्हें माफ़ नहीं कर सकती।

'जो कुत्ते ऐसा बर्ताव करते हैं उन्हें मार दिया जाता है,' दद्दा स्क्रीचर ने चेतावनी दी।

तो मार डालो, स्क्रैगली ने लड़ाई के लिए तैयार होते हुए सोचा। वह उनके ऊपर उछली और उनकी बाजू पर काट खाया। वे चिल्लाये और घुटनों के बल बैठ गये। उन्होंने उसकी गर्दन को अपनी एक बाँह से पकड़ लिया। लेकिन स्क्रैगली ने फिर भी उन्हें नहीं छोड़ा। वे कराह रहे थे। अगर डोंगी और उसका पिता ऐन उसी मौके पर आँगन में कदम नहीं रखते तो स्क्रैगली ने उनकी बाजू तोड़ दी होती।

'पिताजी!' चानू दौड़कर आया और स्क्रैगली का मुँह ज़बरन खोलने के लिए उसके मुँह में एक लकड़ी घुसा दी। उसने डोंगी की तरफ़ देखा जो भौचक्का होकर उसे ही देख रहा था। स्क्रैगली ने उसकी गोल-गोल, काली आँखों को देखा और उसकी अपनी आँखों में आँसू भर आये।

'जंगली! तुम अपने मालिक को ही कैसे काट सकती हो ?' चानू ने स्क्रैगली को गर्दन से पकड़ लिया।

दद्दा ने स्क्रैगली की तरफ़ इशारा किया। 'इसका थोड़ा-सा फ़र काट दो,' उन्होंने कराहते हुए कहा।

'क्या ? क्यों ?'

'काट दो।'

'ओह, पिताजी, वही अन्धविश्वासी काम,' चानू ने विरोध किया। 'हमें अस्पताल जाना चाहिए।'

'मैं ठीक हूँ। तुम फ़र काटो।'

'और अगर इसमें इन्फेक्शन हो गया तो ?' चानू ने दलील दी।

'उसे सारे इंजेक्शन लगे हैं। मेरी चोट ठीक हो जायेगी।'

'डोंगी, जाओ, कैंची या चाकू लेकर आओ!' चानू स्क्रैगली के थूथन को अपने हाथ से जकड़ कर चिल्लाया।

डोंगी स्क्रैगली को घूरते हुए अपनी जगह पर जमा-सा खड़ा था। दद्दा स्क्रीचर अपनी बाँह के अगले हिस्से को झुलाते हुए, पसीने में तरबतर उसे देखते हुए दीवार के सहारे टिक गये।

'जाओ!' चानू ने गुस्से से चिल्ला कर कहा।

डोंगी चौंक कर टूलबॉक्स की तरफ़ दौड़ गया। उसने टूलबॉक्स टटोल कर देखा लेकिन खाली हाथ ही वापस दौड़ कर आ गया।

'एक कैंची है,' चानू ने नरमी से कहा। 'जाओ और उसे ढूँढ कर ले आओ।'

रुआँसा-सा होकर डोंगी वापस गया और कैंची ले आया।

चानू ने स्क्रैगली की गर्दन से मुट्ठी भर फ़र काट दिया। इससे दर्द तो नहीं हुआ लेकिन यह न समझते हुए कि क्या हो रहा है, स्क्रैगली काँपने लगी। दद्दा स्क्रीचर ने अपना हाथ आगे फैलाया। वे पिंजरे से बाहर निकल गये। चानू धीरे से स्क्रैगली से दूर हटा और फिर तेज़ी से बाहर निकल गया और दरवाज़ा बन्द कर दिया। 'यह बड़ा घाव लग रहा है। हमें अस्पताल जाना चाहिए।'

'यह करने के बाद,' दद्दा ने ज़िद की। उन्होंने उस मुट्ठी भर फ़र को जला दिया। उन्होंने फ़र का एक बाल अपने ज़ख्म पर रखा और एक कपड़े से उसे बाँध दिया। हवा में जले हुए की गंध तैर गयी। स्क्रैगली को एहसास नहीं था कि उसके अपने फ़र में एक भयानक गंध छिपी हुई थी।

'तुम कितनी दुष्ट हो!' पिंजरे के दूसरी तरफ़ खड़ा हुआ डोंगी गुस्से से चिल्लाया। 'तुमने मेरे दद्दा को क्यों काटा?'

स्क्रैगली स्तब्ध थी। उसे समझ नहीं आ रहा था कि वह क्या सोचे। पिंजरे में सीमेंट के फ़र्श पर अपनी जंजीर घसीटते हुए वह फिर इधर से उधर घूमने लगी।

अनिश्चित दिन

दद्दा स्क्रीचर ने साइकिल के एक पहिये को जोड़ते हुए स्क्रैग्ली को देखा जो उनकी दुकान के बाहर बैठी थी। 'मैंने कहा, घर जाओ,' उन्होंने अपनी नाक पर रखे चश्मे को ऊपर खींचते हुए हुक्म दिया।

स्क्रैग्ली ने उन्हें देखा। उसने अपनी आँखें बन्द कर लीं। सर्दी के दौरान घर जाने से पहले वह शहर में घूमती रहती, लेकिन अब जबकि वह भारी हो गयी थी, वह सुबह दद्दा स्क्रीचर के पीछे-पीछे दुकान तक आती और दुकान पर ही सारा समय बिता देती। वह घर में अकेली नहीं रहना चाहती थी।

अब दद्दा स्क्रीचर उसे बाँध कर रखने की कोशिश नहीं करते थे। जब उन्होंने उसे ज़ंजीर में बाँधना बन्द कर दिया सिर्फ़ तभी वह शान्त हुई और उसका वज़न बढ़ना भी शुरू हो गया। जब वह पिंजरे में बन्द और एक खम्भे से बँधी थी तो हालाँकि वह पहली बार में बड़ी-सी लगती, उसका फ़र घना और रोयेंदार लगता लेकिन वह खून की कमी के कगार पर आ गयी थी और हमेशा बुरे मूड में रहती। दद्दा जो खाने का कटोरा उसकी नाक के नीचे रखते वह उस तरफ़ देखती भी नहीं। अन्त में, उन्होंने अपना सिर हिलाया। 'मैं हार मानता हूँ,' उन्होंने कहा और उसे खोल दिया।

जब उसकी टाँगें थोड़ी मज़बूत हो गयीं तो स्क्रैग्ली संगीत के पीछे-पीछे चर्च तक गयी। अगली बार वह उससे भी दूर तक चली गयी। वह स्थिर नहीं रह

सकती थी। उसका दिल जज़्बात से खाली हो गया था और उसे बहुत अकेलापन लगता। हर बार जब वह घर से निकलती, उसे उम्मीद रहती कि वह सफ़ेद कुत्ता उसे मिलेगा, लेकिन वह कभी नहीं मिला। उसकी बजाय, उसे एक भूरा कुत्ता मिला जिसमें कुछ शिकारी कुत्ते का भी ख़ून था। इस तरह वह एक बार फिर पिल्लों के साथ भारी और बड़ी-सी हो गयी।

दद्दा स्क्रीचर ने गुस्से में घुड़का। 'तुम जल्द ही जन्म देने वाली हो। तुम्हें घर के करीब ही रहना चाहिए वरना हो सकता है कि तुम्हारे बच्चे किसी गली में जन्म लें।' उन्होंने आरों को पहिये में समान्तर रूप से लगाया और पेंच कस दिए, फिर उसकी रिम को नीचे रख दिया और मोमजामे को अपनी गोदी से सरका दिया। उन्होंने शीशे के अधखुले स्लाइडिंग दरवाज़े को खोला जिससे एक भयानक तीखा-सा स्वर निकला, और वे बाहर आ गये।

जब वे आकर उसके सामने ही खड़े हो गये तब स्क्रैग्ली मेहनत करके उठकर खड़ी हो गयी। उसका पेट बड़ा हो गया था और अब वह धीरे-धीरे ही चल-फिर पाती थी।

'ज़िद्दी जीव,' दद्दा स्क्रीचर उसे हल्के से साथ खींचते हुए बुदबुदाये।

उसने उनके हाथ पर अपनी पूँछ मारी और धीरे-धीरे चलने लगी। जाने के लिए कोई जगह नहीं थी, करने को कुछ नहीं था। उसकी इच्छा थी कि काश, वह किसी बेहतर जगह पर अपने बच्चों को जन्म दे सके। नेशनल एग्रीकल्चरल कोऑपरेटिव के साथ वाले मोड़ से वह मुड़ी। बूढ़ी बिल्ली एक ऊँचे रोशनदान की खिड़की से हल्के से नीचे कूद कर आयी। 'आज भी किस्मत ने साथ नहीं दिया?'

स्क्रैग्ली चलती रही। बूढ़ी बिल्ली व्यंग्य से हँसी और उसके पीछे चलने लगी, उसमें से एक तेज़ गंध आ रही थी। स्क्रैग्ली ने उस पर ध्यान ही नहीं दिया।

'अपने दिमाग से खयाली पुलाव निकालो,' बिल्ली ने सलाह दी। 'तुम हमेशा भटकती क्यों रहती हो? घर से अच्छी कोई जगह नहीं होती।'

'अपना काम करो।'

'तुम्हें लगता है कि मैं तो एक मसखरी हूँ। जब भी मैं कोई अहम बात कहती हूँ, तुम उसे यूँ ही हवा में उड़ा देती हो। जानती हो, मेरी उम्र काफ़ी है। मैं बहुत-सी बातें जानती हूँ।'

स्क्रैग्ली ने बिल्ली को गुस्से से घूरा, जो कुछ कदम पीछे हट गयी।

'मेरे भी बहुत सारे बच्चे हुए थे,' बिल्ली ने बोलना जारी रखा। 'इतने सारे। मुझे याद भी नहीं कितने। मैं भी अपने बच्चों के मामले में तुम्हारे जैसी ही थी।'

'और फिर ?' स्क्रैग्ली ने रूखाई से कहा।

'अब उनमें से कोई भी यहाँ नहीं है। वे सब चले गये। उनमें से कुछ के साथ मैं तब तक रही जब तक कि वे थोड़े बड़े नहीं हो गये, लेकिन वे सब चले गये। यही होता है।'

'मेरे साथ नहीं।'

'तुम्हें ऐसा क्यों लगता है कि तुम कुछ अलग हो ?' बिल्ली ने पूछा। 'मेरे कुछ बच्चों को तो उनकी गर्दन में रिबन लगा कर बेचा गया। मानो वे कोई उपहार हों। कुछ मर गये। एक तो मुझे बगैर बताये ही चला गया। नाशुकरा ! मैं उससे इतना प्यार करती थी, लेकिन वह कभी वापस नहीं आया। उह-ओह...' बूढ़ी बिल्ली हिचकिचायी और फिर बैठ गयी।

रास्ता जहाँ ख़त्म होता था वहाँ पड़ी खाली जगह पर एक लड़ाई होने वाली थी। चार कुत्ते एक अकेले कुत्ते को बीच में घेर कर खड़े थे। स्क्रैग्ली धक् से रह गयी। वह सफ़ेद कुत्ता बीच में था। उसका दिल ज़ोर से धड़कने लगा। उसे अपने वो सारे बच्चे याद आ गये जिन्हें वह खो चुकी थी। यहाँ उनका पिता खड़ा था, सड़क पर कुछ ही दूर, वही कुत्ता, जो उसके खयालों में हमेशा रहा था। उसे घेरा जा चुका था। उसे कैसे घेर लिया गया ? वह बता सकती थी कि कुछ बहुत बुरा होने वाला है। वह उनके करीब गयी, उसका शरीर तन गया था। उसे घेरे खड़े चारों कुत्ते झपटने के लिए तैयार नज़र आये। एक भूरा वाला ख़ास तौर पर बहुत आक्रामक दिख रहा था।

'स्क्रैग्ली,' बूढ़ी बिल्ली फुसफुसायी, 'चलो, यहाँ से निकल चलें!'

स्क्रैग्ली को इतनी मधुरता से बताये गये उस बिल्ली के विचार कभी अच्छे नहीं लगे। और अभी तो वह उन्हें बिलकुल नहीं सुनना चाहती थी। उसे सफ़ेद कुत्ते की मदद करनी ही थी, जिस तरह से उसने कभी स्क्रैग्ली की मदद की थी।

'तुम इस पचड़े में मत पड़ो,' बिल्ली ने गम्भीरता और सख़्ती से कहा। 'अपनी हालत के बारे में सोचो!'

स्क्रैग्ली ने उस पर ध्यान नहीं दिया।

वे चारों कुत्ते फुर्ती से घूम रहे थे। सफ़ेद कुत्ता तैयार लग रहा था, हालाँकि उसका सामना तगड़े विरोधियों से था। फिर वे उस पर टूट पड़े।

स्क्रैग्ली सकुचायी। पाँचों कुत्ते गुत्थमगुत्था हो गये थे, हर तरफ़ धूल उड़ने लगी थी। वे कूद रहे थे, लुढ़क रहे थे। गुर्राहट और चीखें हवा को चीरने लगीं। सफ़ेद कुत्ता बहुत चुस्त था लेकिन उस पर हमला करने वालों की संख्या बहुत ज़्यादा थी। स्क्रैग्ली हमले के लिए तैयार होकर धीरे से आयी। वह इस लड़ाई में कूदने का मौका ढूँढने लगी। वह नहीं बता सकती थी कि किसने किसको काटा था, लेकिन कुत्तों के जमघट में सफ़ेद कुत्ता सबसे नीचे नज़र आ रहा था। उसने अपने पैर पटके और भौंकने लगी। किसी ने उस पर ध्यान नहीं दिया। वह इधर-उधर घूमने लगी। वह क्षण आ गया था, वह उस लड़ाई में दौड़ कर शामिल हो गयी। उसकी पहुँच में जो भी आया, उसने उसी को काट खाया, फिर किसी ने उसकी जाँघ में काटा और उसे वहीं से पकड़े रहा।

'छोड़ो मुझे!' स्क्रैग्ली ने अपने शरीर को मोड़ा। उसका पेट सख़्त हो गया। वह साँस नहीं ले पा रही थी। वह कुछ देख नहीं पा रही थी। वह जम-सी गयी, हिलने में भी असमर्थ। कुछ गड़बड़ थी। वह सड़क पर एक गड्ढे में गिर गयी, बहुत ज़्यादा बढ़ी हुई घास ने उसे चोट लगने से बचा लिया था। कोई उसके ऊपर गिरा।

उसने किसी तरह से खुद को सँभाला, लेकिन वह उठ नहीं पायी।

 कुत्ता जिसने सपने देखने की हिम्मत की

'बस बहुत हुआ!' भूरा कुत्ता पीछे हट गया।

सफ़ेद कुत्ते ने उस कुत्ते को नहीं छोड़ा जिसे उसने अपने जबड़े में जकड़ रखा था। ज़मीन पर पड़ा वह कुत्ता छटपटा रहा था। सभी को खरोंचें आयी थीं, खून निकल रहा था और सभी धूल में सन गये थे।

'ठीक है। मैं जानता हूँ कि तुम ताकतवर हो,' भूरे कुत्ते ने कहा।

आख़िरकार सफ़ेद कुत्ते ने उस कुत्ते को छोड़ दिया।

भूरे कुत्ते ने स्क्रैगली की तरफ़ देख कर सिर हिलाया और नकली हँसी हँसा। 'अगर यह न होती तो हम लड़ाई जारी रख सकते थे।'

सफ़ेद कुत्ते ने गुस्से और उग्रता से स्क्रैगली की तरफ़ देखा। उसने अपनी नज़रें हटा लीं।

वे चारों कुत्ते साथ-साथ अकड़ते हुए चले गये।

सफ़ेद कुत्ते के कन्धे झुक गये। 'तुम्हें दूर ही रहना चाहिए था,' उसने डाँटा। 'मैं जानता हूँ कि तुम मेरी मदद करने की कोशिश कर रही थीं लेकिन तुमने मेरी बेइज़्ज़ती करवा दी। मुखिया हमेशा अकेला खड़ा होता है और पीछे भी अकेले हटता है।'

स्क्रैगली को अपने सीने में कसाव महसूस हुआ। क्या उसने सफ़ेद कुत्ते को उसके पद से नीचे गिरा दिया था? सफ़ेद कुत्ता धीरे-धीरे दूर चला गया। उसने स्क्रैगली से यह भी नहीं पूछा कि क्या वह ठीक है। उसने खड़ा होने की कोशिश की लेकिन उसके आगे के पैर झुक गये। उसकी दायीं जाँघ पर हुए ज़ख्म में टीस उठ रही थी। उसने अपने घाव को चाटने की कोशिश की लेकिन अपने बढ़े हुए पेट की वजह से वह वहाँ तक पहुँच ही नहीं पायी। और उसका पेट बहुत सख्त हो गया था। क्या अन्दर उसके बच्चे डर गये थे?

दद्दा स्क्रीचर ने झींकते हुए कहा था कि कहीं उसके बच्चों को किसी गली में न जन्म लेना पड़े। यहाँ तक कि बिल्ली ने भी उसे चेतावनी देते हुए अपना खयाल रखने के लिए कहा था। उसे अचानक डर लगने लगा। दिन ढल रहा था।

वह घर कैसे जायेगी ? जल्द ही, काफ़ी अँधेरा हो गया। कभी-कभी वहाँ से कारें और साइकिलें गुज़र रही थीं लेकिन किसी ने भी स्क्रैग्ली को सड़क के किनारे पड़े हुए नहीं देखा। वह रोने लगी ताकि दद्दा स्क्रीचर उसे सुन सकें। उसने कई बार विलाप किया लेकिन कोई नहीं आया। रात और गहरा गयी। उसका शरीर दर्द कर रहा था और वह काँपने लगी। क्या वह इस तरह मरने वाली थी ? वह घर जाना चाहती थी। एक अर्से से उसने इस तरह चोट खाया और पिटा हुआ महसूस नहीं किया था। वह एक बार फिर रोयी। क्या कोई उसकी आवाज़ सुनेगा ? उसे और भी कमज़ोरी लग रही थी। क्या यही अन्त था ? वह काँपने लगी। उसकी आँखें बार-बार बन्द होने लगीं। धूल और रात की ठंडी हवा ने उसकी नाक को सुखा दिया था और उसका गला भी सूख गया था।

'स्क्रैग्ली ?'

एक परिचित आवाज़। उसका दिल उछलकर उसके मुँह तक आ गया।

दद्दा स्क्रीचर रास्ता बनाते हुए उसकी तरफ़ आये। उन्होंने उसे उठाने की कोशिश की लेकिन वह बहुत भारी थी। 'तुमने ऐसा क्यों किया ?' उनकी आवाज़ उत्तेजित थी लेकिन उनका स्पर्श कोमल। उनका गर्म हाथ उसके पेट को सहलाने लगा। आखिरकार उसे आराम महसूस हुआ।

'यहाँ इन्तज़ार करना। मैं जल्दी वापस आता हूँ।'

स्क्रैग्ली ने अपना सिर नीचे ज़मीन पर टिका दिया। नींद ने उसे घेर लिया। दद्दा की उसे उठाने की कोशिश के कारण उसकी नींद टूटी। उन्होंने उसे अपनी छकड़ा गाड़ी में रख दिया। 'मैंने इतना ज़िद्दी कुत्ता कभी नहीं देखा,' उन्होंने शिकायती लहज़े में कहा। यह बिलकुल वैसा ही है जब चानू छोटा था और मुझे तंग करके पागल बना देता था! तुम पर काबू नहीं किया जा सकता। मैं चिंता कैसे न करूँ ? तुम सुनती ही नहीं हो!'

दद्दा स्क्रीचर की बड़बड़ाहट सुनते हुए और उस छकड़ा गाड़ी में धक्का खाते हुए स्क्रैग्ली गहरी नींद में डूब गयी।

   कुत्ता जिसने सपने देखने की हिम्मत की

शरारती कोरी

'कोरी को दूर नहीं रख सकते ?' दादी ने उस पिल्ले को भगाने के लिए चम्मच ज़ोर से घुमाई। 'देखो, उसका फ़र मेरी सोयाबीन्स में आ रहा है।'

शरारती कोरी रफूचक्कर हो गयी लेकिन उबली हुई सोयाबीन्स चुराने के लिए फिर वापस आ गयी।

'तुम अपना थूथन उसमें मत डालना!' दादी ने अपनी चम्मच फिर उठाई।

कोरी जल्दी से भाग गयी।

स्क्रैग्ली को भी बीन्स खाने का मन था, लेकिन उसने अपने बच्चे की नक़ल करने की हिम्मत नहीं की। ऐसा नहीं था कि वह दादी से डरती थी, बस उसे दद्दा स्क्रीचर के सामने कुछ अजीब-सा लगता था। स्क्रैग्ली अब इतनी छोटी नहीं रही थी कि एक पिल्ले जैसा बर्ताव करे और फिर उनके बीच तनाव भी हो गया था। वह जानती थी कि अगर दद्दा स्क्रीचर ने उसे फिर से पीटा तो वह खुद को रोक नहीं पायेगी, इसलिए वह हमेशा ध्यान रखती कि उससे छोटी से छोटी गलती भी न हो।

'उसे दूर रखो या बाँध दो, जैसा मैं तुमसे हमेशा कहती रहती हूँ।' दादी ने ज़ोर डालते हुए कहा।

'उसे पिंजरे में डाल दूँ? तुम यहाँ बैठकर लगातार उसका रोना-रिरियाना

सुनना चाहती हो ? बस, जल्दी करो और जो कर रही हो उसे ख़त्म करो।' दद्दा सब्ज़ी के बगीचे में पत्तागोभी को बाँधते हुए हँसे।

कोरी हर जगह घुस जाती—वह अति पेटू की तरह खाती, इधर-उधर दौड़ती रहती और हर चीज़ को अस्त-व्यस्त कर देती। लेकिन वह बहुत सुन्दर मादा कुत्ता थी; वह बिलकुल अपने पिता जैसी दिखती थी। दद्दा स्क्रीचर उसकी तरफ़दारी करते। उन्होंने सात पिल्ले बेच दिए थे, लेकिन कोरी को अपने पास ही रखा था, जो उनमें से सबसे ताकतवर और सुन्दर थी। स्क्रैग्ली खुश थी; उसे कोरी को बढ़ता देखने का मौका मिल रहा था।

'ठीक से पेश आओ, कोरी,' स्क्रैग्ली ने शेड के सामने अपनी जगह से ही उसे डाँटा।

कोरी ज़ोर से भौंकते हुए सब्ज़ी के बगीचे में दौड़ गयी। कद्दू की बेल के सामने वह फिसलते हुए रुक गयी। बूढ़ी बिल्ली चीखी और कूद कर दीवार पर चढ़ गयी; वह ऊँघते हुए दीवार से नीचे गिर गयी थी। 'इस बच्चे को थोड़ी तहजीब सिखाओ!' वह बड़बड़ाई।

स्क्रैग्ली हँसी। दद्दा स्क्रीचर और दादी भी।

'स्क्रैग्ली, ऐसे अपने बच्चे को मत पालो कि वह इस तरह का बर्ताव करे,' बिल्ली ने शिकायत की।

स्क्रैग्ली ने कन्धे उचकाए। 'मैं क्या कर सकती हूँ? क्या तुम अपनी देखभाल भी नहीं कर सकतीं?'

'यह दुष्ट तो मुझे ज़रा-सी देर सोने भी नहीं देती।' बूढ़ी बिल्ली झुंझलाते हुए चली गयी।

'इस बार तेंदू फल की अच्छी फ़सल होनी चाहिए,' दद्दा ने सोचते हुए कहा। 'इस पेड़ को लगाये सात साल तो हो ही चुके हैं।'

'हमें योंगसियोन को फलों का बड़ा गुच्छ देना चाहिए,' दादी ने पकी

　　　　

हुई बीन्स को ओखली में कूट कर ईंट की तरह सपाट बनाते हुए याद दिलाया। 'पिछले साल वह नाराज़ हो गयी थी कि उसे ज़्यादा फल नहीं मिले। उसी ने तो यह पेड़ लगाया था।'

दद्दा स्क्रीचर ने सब्ज़ी के बगीचे से जो पत्तागोभी काटी थीं, उनकी छंटाई करने लगे। कोरी ने उसे सूँघा। उनकी जड़ों में एक कीड़ा रेंग रहा था, और वह हैरान होकर उछल पड़ी।

'पेड़ के मालिक को ऐसा नहीं लगना चाहिए कि उसे पीछे छोड़ दिया गया है,' दादी ने बोलना जारी रखा। 'जब उसका पहला बच्चा हुआ था तब उसी ने इस पेड़ को लगाया था। पेड़ और अच्छे से बढ़ेगा अगर उसका मालिक उसे लगाने के बारे में अच्छा महसूस करे।'

'पेड़ का मालिक कोई नहीं होता,' दद्दा स्क्रीचर ने हिकारत से कहा। 'फलों को बाँट लेना ही काफ़ी है। और मैं उसे हमेशा सबसे अच्छे फल देता हूँ! मैं उसे सबसे लाल वाले, बिना कोई खरोंच लगे फल देता हूँ, क्योंकि वह मेरी इकलौती बेटी है।'

'ओह, अच्छा?' दादी ने खींसें निपोरते हुए कहा।

'अब जल्दी करो और मेरे लिए कुछ किमची बना दो। तुमने ही मेरे लिए मिलने का वक्त तय किया है, जबकि मैंने कहा भी था कि मुझे ज़रूरत नहीं है। मुझे वहाँ समय पर पहुँचना है।'

'क्या तुम पहले चानू की दुकान पर रुकोगे?'

'बेशक,' दद्दा स्क्रीचर ने जवाब दिया। 'मुझे शहर के अन्दर तक जाना होगा! मुझे पक्का यकीन है कि उन सबके पास किमची ख़त्म हो गयी होगी। और पिछली बार डोंगी अपना रोबोट यहाँ छोड़ गया था। वह तो उसके बिना रह नहीं सकता।'

'यह इतनी अहम बात नहीं है,' दादी बुदबुदायीं, उनके चेहरे पर उदासी छा गयी।

कुछ देर तक पति-पत्नी बिना बोले काम करते रहे। दद्दा स्क्रीचर हरी प्याजों को छाँटते हुए सिगरेट पीने लगे और दादी पत्तागोभी में नमक लगाने लगीं और ईंट जैसी चपटी की गयी बीन्स को एक ऊँचे सूखे फूस के चबूतरे पर सूखने के लिए फैलाने लगीं। कोरी वहाँ उन तक नहीं पहुँच पायेगी।

दादी अपना काम दोपहर तक ही ख़त्म कर पायीं। हालाँकि वे बिना रुके काम करती रही थीं। दद्दा अब अधीर हो रहे थे, क्योंकि वे पहले ही बाहर जाने के लिए अपने अच्छे कपड़े पहन चुके थे। 'तुम कितना धीरे काम कर रही हो? मैं अकेला नहीं हूँ जिसने अस्पताल से वक्त लिया था। तुम्हारा तो काम खत्म होने को ही नहीं आ रहा।'

'हे भगवान! लो हो गया मेरा काम। अब बड़बड़ाना बन्द करो।'

'मैं बड़बड़ा नहीं रहा। देखो, सूरज ढलने को आ रहा है।' दद्दा स्क्रीचर मुँह में ही बुदबुदाते हुए ताज़ा किमची का जार अपनी साइकिल के पीछे रखने लगे। वे साइकिल को बाहर ले गये और उस पर सवार होकर निकल गये, उनकी जैकेट हवा में फड़फड़ाने लगी। वे एक बच्चे की तरह बेफ़िक्र लग रहे थे।

दादी को आखिरकार आराम करने को मिला और वे बरामदे के नीचे आँगन में पड़ी दद्दा स्क्रीचर की आरामदेह कुर्सी पर बैठ गयीं। 'उम्मीद है, सब कुछ ठीक ही हो...'

कोरी ने गोदी में उठाने का आग्रह करते हुए अपने अगले पंजे उनकी गोदी में रख दिए। स्क्रैग्ली दादी के चिंतामग्न भाव को देखने लगी; तेंदू के पेड़ की पत्तियाँ हवा में हिल रही थीं और रह-रह कर दादी के चेहरे पर छाया कर जाती थीं। कुछ बुरा हवा में मंडरा रहा था। वह जो भी था, उससे बचने के लिए स्क्रैग्ली ज़ोर से भौंकने लगी।

दादी ने स्क्रैग्ली की तरफ़ देखा और फिर आँगन में बिखरे हुए कटोरों और चिलमची को देखने लगीं। 'ओह, भगवान, अभी तो मेरा काम ख़त्म भी नहीं हुआ है! मुझे अभी तुम सबको खाना भी खिलाना है। और अब फ़ोन भी

              कुत्ता जिसने सपने देखने की हिम्मत की

बज रहा है। ठहरो, मैं अभी वापस आती हूँ।' वे उठीं, अपनी कमर के निचले हिस्से को सहलाया और अन्दर गायब हो गयीं।

कोरी ने उनका एक जूता उठा लिया और उसे चबाने के लिए एक जगह जाकर बैठ गयी जबकि उसे पता था कि दादी के आने पर वह मुसीबत में पड़ने वाली है।

स्क्रैग्ली टहलते हुए उसके पास गयी और उसे टहोका लगा कर कहा। 'इसे बर्बाद मत करो।'

कोरी ने मुँह बनाया और अपना सिर हिला कर बोली, 'यह बीन्स जितना मज़ेदार नहीं है। मुझे वो बीन्स और चाहिए।'

'वे जल्दी ही हमें खाना खिलायेंगी।' स्क्रैग्ली कुर्सी के नीचे फैल कर लेट गयी। कोरी उसके पास आकर उससे सट कर लेट गयी और अपना सिर उसके पेट के करीब रख दिया।

वे अन्दर से आती दादी की आवाज़ सुन सकते थे। 'उन्हें दस्त हो रहे हैं, लेकिन वैसे कोई चिंता वाली बात नहीं है। उन्हें भूख भी पहले जैसी नहीं लगती...हाँ, बेशक, अगर आप आयेंगी तो अच्छा लगेगा। एक अर्सा हो गया आपको देखे हुए, ननद जी! हाँ, हाँ...'

कोरी की आँखें उत्सुकता से चमकने लगीं। 'माँ, ये ननद क्या होता है?'

'एक ननद? अरे....' स्क्रैग्ली ने अपना सिर उठाया और आँखें झपकायीं। उसने यह शब्द कभी नहीं सुना था। 'ओह, यह अच्छी बात है। बहुत अच्छी बात।'

दीवार के ऊपर से बूढ़ी बिल्ली ने ठहाका लगाया और अपना सिर अगले पंजों पर टिका लिया। 'तुमने कहा कि यह अच्छी बात है? स्क्रैग्ली, अगर तुम नहीं जानतीं, तो बस ऐसा कह दो न।'

'किसी की बातचीत सुनना बदतमीज़ी होती है।' कोरी ने गुस्से से कहा।

स्क्रैग्ली मुस्कुरायी—उसकी बेटी उसी की तरह है। छोटे और चमकदार फ़र के कारण कोरी उससे ज्यादा सुन्दर थी, लेकिन वह बिलकुल स्क्रैग्ली की तरह ही उत्सुक और बेबाक थी।

'बदतमीज़ तो तुम हो,' बूढ़ी बिल्ली बोली। 'क्या सुनने की अच्छी शक्ति होना गुनाह है? आजकल के बच्चे...ज़रा ठहरो, तुम नन्ही शैतान। एक दिन मैं तुम्हें पकड़ लूँगी।'

'मैं तुम्हें कोशिश करते देखना चाहूँगी,' कोरी ने उसका मज़ाक बनाया। 'आओ तो ज़रा। मैं तुम्हें काट खाऊँगी!'

बूढ़ी बिल्ली ने नकली अफ़सोस ज़ाहिर किया। 'मुझे पता होना चाहिए था। मैं उन जानवरों को समझा नहीं सकती जो दिन भर ज़मीन की तरफ़ नीचे देखते हुए ज़िन्दगी गुज़ारते हैं।' उसने उबासी ली।

स्क्रैग्ली ने एहतियातन उसके पैने दाँतों को देखा। हालाँकि बिल्ली बूढ़ी थी और कभी-कभी ऊँघते हुए दीवार से गिर जाती थी, लेकिन वह कब काट खाए, कहा नहीं जा सकता था।

'मेरे साथ मुर्गी फ़ार्म कौन चलेगा? दादी ने पुकारा।

कोरी अपनी पूँछ हिलाते हुए तेज़ी से दौड़ चली। स्क्रैग्ली घर के गेट तक उनके साथ गयी और फिर वह दादी को एक हाथ में टोकरी पकड़े अपनी बच्ची के साथ जाते हुए देखती रही। स्क्रैग्ली उन दोनों को खेत के चारों तरफ़ बने पुश्ते पर जाते देखने लगी। उसके सिर तक ख़ून दौड़ता हुआ लगा। उसे चक्कर आने लगे। क्या धूप की वजह से ऐसा हो रहा था? कोरी पहले आगे-आगे चल रही थी, फिर पीछे रह गयी; स्क्रैग्ली को ऐसा लगा मानो वह टिमटिमा रही हो, मानो वह हवा में तैर रही हो।

ननद जी

 'ओह मेरे भाई, 'मेहमान ने दद्दा स्क्रीचर का हाथ पकड़ते हुए कहा, 'अब कैसा महसूस कर रहे हो ?'

'मैं बढ़िया हूँ !' दद्दा ने शेखी बघारते हुए खींसें निपोर कर कहा। 'ट्रेन में तुम्हारा जी तो नहीं मिचलाया ?'

'आजकल ट्रेनें बहुत आरामदेह हो गयी हैं। सफ़र आराम से कट गया।'

स्क्रैग्ली ने दद्दा स्क्रीचर को इतना उत्तेजित पहले कभी नहीं देखा था। वह और कोरी उस बड़े से बक्से को घूरने लगे जो मेहमान ने नीचे रखा। वह रस्सी से बँधा था और उसके ऊपर एक छेद था; उस छेद में से एक लालिमा लिये भूरे रंग की मुर्गी अपना सिर निकाल कर देख रही थी, जिसकी कलगी साफ़ नज़र आ रही थी। बहरहाल उस मुर्गी की आँखें धुँधली-सी लग रही थीं, और उसकी गर्दन झुकी हुई थी। वह मृत्यु के करीब ही लग रही थी।

कोरी रेंग कर आयी और उसने उस बक्से को हल्का-सा धक्का दिया। 'तो यह हैं ननद!' उसने विस्मय से कहा।

'मैं मीठे चावल और चिकन लायी हूँ। ये तुम में जान डाल देंगे, ' मेहमान समझा रही थी। 'इन दोनों को एक साथ काफ़ी देर तक उबालो। इसका शोरबा तुम्हारे लिए फ़ायदेमंद रहेगा। मैं और भी ले आती लेकिन यह इतना भारी था! यह सब मैंने अपने सिर पर रखा हुआ था, और मुझे लगा कि मेरी गर्दन टूट ही

जायेगी।' उसने रस्सी खोली, बक्सा खोला और उसमें से चिकन को बाहर निकाल लिया।

मुर्गी ने पंख फड़फड़ाए, अपने पंजे मोड़ लिये और डर के मारे काँपने लगी।

'तुम ये सब चावल लायी हो!' दद्दा स्क्रीचर ने चिल्ला कर कहा।'लेकिन मैं जानता हूँ कि इन्हें उगाने में तुमने कितनी मेहनत की है! यह कम से कम डेढ़ माल (वज़न तोलने की कोरियाई इकाई) होगा! और यह मुर्गी—यह तुम्हारी अंडे सेने वाली मुर्गी है न?'

'अगर है भी तो क्या? अगर यह तुम्हारी सेहत के लिए फ़ायदेमंद है तो...'

'यह बहुत चुस्त तो नहीं है, है न? क्या यह मरने वाली है?' दद्दा स्क्रीचर ने मुर्गी को धीमे से हिलाया, उसने अपनी आँखें खोलीं और फिर बन्द कर लीं।

'ओह, यह तो सिर्फ़ देसी मुर्गी है,' मेहमान ने लापरवाही से कहा।'पहली बार ट्रेन में सफ़र किया है, तो शायद इसका जी मिचला रहा होगा।'

दद्दा स्क्रीचर हँसे।

स्क्रैग्ली और कोरी मुर्गी के साथ-साथ लगे रहे। जल्द ही स्क्रैग्ली ऊब गयी लेकिन कोरी मुर्गी को छेड़ती रही। मुर्गी सिर्फ़ पलकें झपकाती रही।

सूरज ढलने ही वाला था कि कोरी अचानक चिल्लायी।'ननद जी फिर ज़िन्दा हो गयीं!'

यह सच था। मुर्गी कुछ स्वस्थ हो गयी थी और आँगन में घूमने लगी थी। मेहमान तो चली गयी थी लेकिन मुर्गी उसे ढूँढ भी नहीं रही थी। ऐसा लग रहा था कि वह अपने घर पर ही है।

'मैं नहीं कर सकती, तुम ही इससे निपटो।' दादी ने चाकू दद्दा स्क्रीचर को पकड़ा दिया।

   कुत्ता जिसने सपने देखने की हिम्मत की

स्तम्भित होकर स्क्रैग्ली और कोरी पीछे हट गयीं।

गुस्से में मुँह बनाते हुए दद्दा स्क्रीचर ने चाकू ले लिया और मुर्गी को घूरा।

'अभी कर दो ताकि मैं इसे आज रात पका सकूँ,' दादी ने आग्रह किया। 'तभी तुम इसे कल खा सकते हो।'

दद्दा स्क्रीचर ने हामी में सिर हिलाया। लेकिन वे चबूतरे पर बैठ गये और मुर्गी को देखते रहे। पूरी तरह अँधेरा हो जाने तक वे वैसे ही बैठे रहे। उसके बाद ही दद्दा स्क्रीचर मुर्गी के पीछे भागे। एक मिट्टी के बर्तन से दूसरे मिट्टी के बर्तन तक उछलती हुई अपने पंख फड़फड़ाती हुई मुर्गी हर बार उनके हाथों से बच निकलती।

'अरे वाह, ननद जी!' कोरी भी चारों तरफ़ उत्तेजित होकर दौड़ती रही। 'तुम तो कमाल की हो!'

स्क्रैग्ली के लिए यह कुछ ज़्यादा ही था। वह तो अपने शेड में चली गयी और वहाँ से यह सब देखने लगी। दीवार के ऊपर बैठी बूढ़ी बिल्ली खूब हँसती रही।

अन्त में, दद्दा स्क्रीचर ने मुर्गी को पंख से पकड़ ही लिया। 'हे भगवान, मेरा तो दम फूल गया! अब मैंने तुम्हें पकड़ ही लिया।' उन्होंने एक बाल्टी को उलट कर उसके अन्दर मुर्गी को पकड़ लिया। हाँफते हुए वे शेड में गये और वहाँ से एक लम्बी-सी रस्सी लेकर आये। मुर्गी अपने पंख इतने ज़ोर से फड़फड़ा रही थी कि बाल्टी भी उछल रही थी। दद्दा ने बाल्टी में से धीरे से मुर्गी को निकाला और उसकी गर्दन में रस्सी बाँध दी। 'मैं इस मुर्गी को नहीं मार सकता,' तेंदू के पेड़ की एक शाखा से रस्सी का दूसरा सिरा बाँधते हुए दद्दा स्क्रीचर बड़बड़ाए।

मुर्गी अपने पंख मारती-फड़फड़ाती रही, अपने पंजे हवा में चलाते हुए मानो वह हवा को ही खरोंच रही हो।

पेड़ के नीचे कोरी सहानुभूति में भौंकने लगी। स्क्रैग्ली भी बेचैनी

से उसका साथ देने लगी।

'फिलहाल तो मैं तुम्हें यहीं छोड़ देता हूँ।' दद्दा ने अपने हाथ झाड़ते हुए कहा और भीतर चले गये।

'माँ, वे ननद जी के साथ ऐसा क्यों कर रहे हैं?' कोरी ने पूछा।

बूढ़ी बिल्ली हँसते हुए बीच में ही बोली। 'वह सुबह यहाँ नहीं होगी।' उसने अपनी मूँछों को ताव दिया और पंजों को चाटा। उसकी आवाज़ सामान्य से कहीं ज़्यादा भयावह लग रही थी, और उस रात उसकी गंध भी बहुत तीखी थी।

'तुम्हारा कुछ करने का इरादा तो नहीं है न?' स्क्रैग्ली ने सावधान होते हुए पूछा।

'किसका, मेरा? नहीं मेरा नहीं। लेकिन रात...रात ज़रूर कुछ कर सकती है।'

'तुम तो हिम्मत भी मत करना,' स्क्रैग्ली ने चेतावनी दी। 'मैं निगरानी कर रही होऊँगी। तुम तो ऐसा सपने में भी मत सोचना।'

'ओह, मैं तो कितना डर गयी,' बूढ़ी बिल्ली ने खिल्ली उड़ाई। 'वैसे भी, मैं हिम्मत क्यों करूँगी? जब चाँद निकलता है तो तुम चमकने लगती हो। तुम मेरी निगरानी करोगी? ओह, मैं क्या करूँगी?'

'मैं चमकती हूँ? जब चाँद निकलता है?' स्क्रैग्ली को समझ नहीं आया कि क्या बूढ़ी बिल्ली उसका मज़ाक उड़ा रही थी?

'जानती हो, यही वजह है कि तुम मुझे अच्छी लगती हो,' बूढ़ी बिल्ली ने उसे अपना राज़ बताया। 'तुम अलग हो।'

'क्या मतलब है तुम्हारा, तुम्हें मैं अच्छी लगती हूँ?'

'मेरा मतलब यह है कि—एक कुत्ता होते हुए भी, तुम बुरी नहीं हो।' बूढ़ी बिल्ली ने मान लिया।

'मैं चमकती हूँ?'

        कुत्ता जिसने सपने देखने की हिम्मत की

'रात में, तुम नीली-सी लगती हो। शायद ऐसा इसलिए कि मेरी नज़रें बहुत अच्छी हैं। मेरी आँखें अब भी बहुत साफ़ देख लेती हैं! बिल्लियों के हिसाब से भी मेरा नाता बहुत बढ़िया खानदान से है...।'

'नीली-सी? बस करो। मेरा मज़ाक मत उड़ाओ,' स्क्रैगली ने सख़्ती से कहा।

'ठीक है, मत मानो मेरी बात। वैसे भी, अपने बारे में लोग बहुत ही कम जानते हैं।'

गुस्से में स्क्रैगली के बाल खड़े हो गये। 'तुम कुछ नहीं जानतीं लेकिन तुम दिखावा ऐसे करती हो मानो तुम सब कुछ जानती हो। बिल्लियों के इतने अच्छे खानदान से आने वाली बिल्ली इधर-उधर भटकते हुए दूसरे घरों में ताकाझाँकी क्यों करेगी?'

'मैं तो बस टहल रही हूँ,' बूढ़ी बिल्ली ने मुँह फुला कर कहा।

'बिल्लियों की आवाज़ कितनी चिकनी-चिपुड़ी लगती है,' स्क्रैगली अपने आप से बुदबुदाई। 'लेकिन उनके छिपे हुए दाँतों को मत भूलना।' वह दीवार की तरफ़ घूरने लगी। सारी रात वह रह-रह कर ऊँघती रही लेकिन पौ फटने तक वह जागती ही रही। उसकी आँखें दीवार पर ही टिकी रहीं, लेकिन उसकी चौकसी के दौरान कुछ नहीं हुआ।

अचानक, कुछ शोर हुआ। क्या चल रहा था? तेंदू के पेड़ के नीचे स्क्रैगली भौंकी। वह बता सकती थी कि मुर्गी और बूढ़ी बिल्ली में हाथापाई चल रही है। लेकिन उसे परछाइयों के अलावा कुछ दिखायी नहीं दिया क्योंकि अभी दिन नहीं निकला था। पंख फड़फड़ाए और किसी के ज़ोर से साँस लेने की आवाज़ आयी। स्क्रैगली के कानों में ये सभी आवाज़ें गड़मड्डु हो गयीं। उसे खून की हल्की-सी गंध आयी। यह सब बीच हवा में हो रहा था। फिर सब कुछ थम गया। कोई घायल हुआ था लेकिन वह बता नहीं सकती थी कि कौन।

'कुकड़ूकूँ!'

बस आधे घंटे बाद ही सूरज निकला; सुबह हो गयी। वह आवाज़ तेंदू के पेड़ से आ रही थी। मुर्गी अपने पंख फड़फड़ाते हुए मुर्गे की तरह 'कुकड़ूकूँ!' कर रही थी। मुर्गी के गले में रस्सी अब भी लटक रही थी, लेकिन अब उसका सीना गर्व से फूला हुआ था इसलिए रस्सी एक तमगे की तरह लग रही थी।

'तुम्हारे चेहरे को क्या हुआ?' कोरी ने दीवार के ऊपर किसी को सम्बोधित किया।

स्क्रैग्ली देखने के लिए मुड़ी। खरोंचों और खून से भरी बिल्ली दीवार पर बैठी थी। पंख फड़फड़ाती और किलकारियां भरती मुर्गी को बिल्ली मुँह फुलाए घूर रही थी।

'अरे, बच्चे,' मुर्गी ने पुकारा। 'तुमने मुझे ननद जी कहा था न? आज से यही मेरा नाम है।' उसने अपना सीना फिर फुला कर ख़ुशी से सिर हिलाया।

जो रह गये और जो चले गये

स्क्रैग्ली को फिर जंजीर से बाँध दिया गया, हालाँकि वह विरोध करती रही, खींच-तान करती रही। ऐसा इसलिए किया गया क्योंकि उसने ननद जी को इतनी ज़ोर से काटा था कि मुर्गी लगभग मर ही गयी थी। स्क्रैग्ली को काबू में कर लिया गया था इसलिए अब ननद जी घमंडी और अक्खड़ हो गयी थी, खासकर अब जबकि उसने दद्दा स्क्रीचर को दादी से यह कहते सुन लिया था कि वे एक मुर्गे को घर लाने के बारे में सोच रहे हैं।

'नहीं, ननद जी!' कोरी चिल्लायी। 'यह मेरा है!'

लेकिन कोरी की अनदेखी करते हुए ननद जी ने उसके खाने के कटोरे को हथिया लिया। वह खाने पर चोंच मारने लगी। जब से ननद जी परिवार में शामिल हुई थी, कोरी हमेशा भूखी रह जाती थी। कोरी धीरे-धीरे अपने कटोरे की तरफ़ बढ़ी। ननद जी ने चेतावनी देते हुए अपना सिर उठाया। कोरी ने अपनी थूथन बर्तन में घुसा दी।

'अरे!' ननद जी ने कोरी की नाक में चोंच मारी।

कोरी चिल्लायी और पीछे की तरफ़ गिर गयी, उसकी थूथन से खून निकल आया। यह दूसरी बार हुआ था। पहली बार जब ऐसा हुआ तो स्क्रैग्ली दौड़ कर ननद जी की तरफ़ आयी थी और उसका पंख लगभग काट ही डाला था। कोरी रोते हुए अपनी माँ के पास गयी और उसके पीछे छिप गयी।

'उस कटोरे को छोड़ दो, शैतान कहीं की!' स्क्रैग्ली ने गुस्से से तकाज़ा किया।

'क्या तुमने मुझे अभी शैतान कहा?'

'तुमने ठीक सुना। देखो, तुमने इसका क्या हाल कर दिया!'

'मैं भी एक कटोरे में से खाना चाहती थी,' मुर्गी ने गुस्से में जवाब दिया। 'मैं इस घर में मेहमान हूँ। तुम एक मेहमान को ज़मीन पर बिखरी हुई चीज़ कैसे खाने दे सकती हो?'

'मेहमान? तुम तो लगभग डिनर बन चुकी थीं,' स्क्रैग्ली ने उसका मज़ाक बनाते हुए कहा।

मुर्गी ने उसकी बात अनसुनी कर दी और बोलती रही। 'दरअसल मैं अब मेहमान नहीं रह गयी हूँ, मैं अब परिवार का एक अहम सदस्य हूँ। मैं दद्दा और दादी के लिए अंडे दूँगी, तो तुम्हें मुझसे अच्छा बर्ताव करना होगा।'

'तुम्हें तो बहुत पहले ही सूप बन जाना चाहिए था,' स्क्रैग्ली बुदबुदायी।

'ओह, तुम्हें क्या लगा, मैं इतनी आसानी से काबू आ जाती?' ननद जी पीछे नहीं हटी।

स्क्रैग्ली भड़क कर उछली और उसने अपनी ज़ंजीर को कस कर खींचा। ननद जी बिना पलकें झपकाए कोरी के खाने पर चोंच मारती रही। क्योंकि वह अपने मुँह में खाना भर कर बोल रही थी इसलिए सारा चावल कटोरे के आस-पास बिखर गया था। अगर उसे बाँधा न गया होता तो स्क्रैग्ली एक बार में काट खाकर उसका काम तमाम कर देती। लेकिन फिर, ननद जी को पकड़ना भी तो नामुमकिन था। वह उछल सकती थी और ज़रूरत पड़ने पर एक जगह से दूसरी जगह तक उड़ भी लेती थी और आसानी से दीवार को लाँघ सकती थी। यहाँ तक कि बूढ़ी बिल्ली भी अपने हमेशा वाले स्थान से हट गयी थी और अब छतों पर टहलने लगी थी, हालाँकि ननद जी अपने पंख फड़फड़ाते हुए छत तक भी जा सकती थी। इस मुर्गी को ऊपर से नीचे आस-पड़ोस में देखना और फिर

     कुत्ता जिसने सपने देखने की हिम्मत की

शानदार तरीके से आँगन में उतरना बहुत पसन्द था। जब वह भूखी होती तो आँगन को खोदती फिरती और जब ऊब जाती तो कोरी को चोंच मारने लगती। कोरी अपना ज़्यादातर वक्त ननद जी से बचने की कोशिश में ही लगाती।

'जब भी मुझे मौका मिला,' छत से बूढ़ी बिल्ली बुदबुदायी। 'बस तुम ज़रा ठहरो…' लेकिन किसी भी हमले के लिए तैयार वह उस तरफ़ आयी नहीं।

घर के अन्दर फ़ोन फिर बजना शुरू हो गया, जैसा कि उस सुबह वह बार-बार बज रहा था। एक बार फिर शुरू होने से पहले आवाज़ बन्द हो गयी, फ़ोन शान्त हो गया और एक बार फिर ज़ोर से बजने लगा। लेकिन दद्दा स्क्रीचर तो दुकान पर थे और दादी बाहर मछली बेचने के लिए निकली थीं। फ़ोन बजना बन्द हो गया।

'वे मेरे लिए एक मुर्गा लेकर आयेंगे,' ननद जी ने अपने पंख फैलाते हुए कहा। 'जब मुर्गा आयेगा तो तुम सभी आतंकित हो जाओगे!' ननद जी उड़कर तेंदू के पेड़ के ऊपर चली गयी। 'दद्दा आ रहे हैं!'

'वे अभी से वापस आ रहे थे? दिन के बीच में? स्क्रैग्ली ने उनकी धातु जैसी गंध पर ध्यान नहीं दिया था क्योंकि उसका पूरा ध्यान ननद जी पर था।

दद्दा स्क्रीचर अपनी साइकिल के बिना अन्दर चले आये। उनका चेहरा पीला पड़ा था और वे डगमगाते हुए चल रहे थे।

'मुर्गे का क्या हुआ? वह कहाँ है?' ननद जी दादा स्क्रीचर के चारों ओर दौड़ने लगी।

कुछ गड़बड़ थी। ऐसा लग रहा था कि वे अभी लड़खड़ा कर गिरने वाले हैं। दद्दा स्क्रीचर धीरे-धीरे अपनी कुर्सी तक गये और सावधानी से उस पर बैठ गये। उन्होंने पीछे की तरफ़ पीठ टिका ली और आँखें बन्द कर लीं।

'वे खाली हाथ वापस कैसे आ सकते हैं? वे ऐसा कैसे कर सकते हैं?' ननद जी दद्दा स्क्रीचर के सामने झुंझलाहट में इधर से उधर चहलकदमी करने लगी। जब उन्होंने कोई ध्यान नहीं दिया तो वह गुस्से में पंख फड़फड़ाते हुए

फूलों की क्यारियों में चली गयी और मिट्टी में चोंच मारने लगी, जिससे उसके आस-पास धूल उड़ने लगी।

फ़ोन फिर बजने लगा। लेकिन दद्दा स्क्रीचर हिले भी नहीं। क्या वे सिर्फ़ आराम कर रहे थे? या वे सो रहे थे? दद्दा स्क्रीचर का सिर एक तरफ़ झुक गया और बाजू कुर्सी से नीचे लटक गयी। उनके चेहरे पर तेंदू के पेड़ के पत्तों की परछाईं पड़ने लगी।

चानू ने आँगन में कदम रखा। स्क्रैग्ली के कान खड़े हो गये, लेकिन जब उसने डोंगी को नहीं देखा तो वह बैठ गयी। अन्दर दौड़ कर फ़ोन का जवाब देने जाने से पहले चानू ने अपने पिता को देखा। काफ़ी देर बाद वह बाहर आया, वह परेशान और चिंतित लग रहा था। 'उनके लिए तो यह एक झटका होगा, एक विशेषज्ञ के पास जाना,' चानू ऊपर आसमान की तरफ़ देखते हुए बुदबुदाया। वह झुका और अपने सोए हुए पिता को ध्यान से देखने लगा। धीमे स्वर में, उसने पिता को जगाया। उसने दद्दा स्क्रीचर की खड़े होने में मदद की और उन्हें भीतर ले गया।

अगली सुबह, चानू और दद्दा साथ-साथ घर से बाहर निकले। दद्दा स्क्रीचर की आँखें धँसी हुईं और काली लग रही थीं। वे तो पिछले दिन से भी ज़्यादा ज़र्द और कमज़ोर लग रहे थे।

'यह तो हद है,' चानू ने विरोध किया। 'आपको इनके लिए भोजन खरीदना पड़ता है। आप इनकी देखभाल नहीं कर पायेंगे। आप इनसे छुटकारा क्यों नहीं पा लेते?'

स्क्रैग्ली ने अपना सिर उठाया। कुछ था जो सही नहीं था।

'आपको खुद अपनी सेहत पर ध्यान देने की ज़रूरत है।' चानू बोलता रहा।

दद्दा स्क्रीचर अपनी कुर्सी पर बैठ गये और उन्होंने एक सिगरेट सुलगा ली।

'पिताजी, डॉक्टर ने कहा है कि अब आपको और सिगरेट नहीं पीनी चाहिए।'

'यह तो ज़िन्दगी भर की आदत है। अब मैं क्या कर सकता हूँ? मुझे अब ठीक लग रहा है। दवाई काम कर रही है। सिर्फ़ पेट गड़बड़ होने पर इतना सब झमेला...' दद्दा स्क्रीचर ने कश लिया लेकिन ज़ोर से खाँसने लगे। उन्हें सिगरेट बुझानी ही पड़ी। उन्होंने एक लम्बी साँस ली। 'मैं इन दोनों को नहीं बेच सकता। घर बिलकुल खाली हो जायेगा। एक घर में बच्चों के रोने की आवाज़ें और खाना पकने का काम होना ही चाहिए, और हमारे यहाँ तो दो बुड्ढों के सिवाय और कुछ भी नहीं।'

'पिताजी, सच में।'

'घर में एकदम सन्नाटा लगेगा अगर हमारे पास एक कुत्ता भी नहीं होगा।' दद्दा स्क्रीचर ने स्क्रैग्ली की तरफ़ देखा।

स्क्रैग्ली ने वापस उनकी तरफ़ घूरा। दद्दा स्क्रीचर पहले ही उसके बहुत सारे बच्चों को बेच चुके थे। सिर्फ़ कोरी ही बची थी। लेकिन अब ऐसा लग रहा था कि या तो कोरी को बेचा जायेगा या उसे, कभी वापस न आने के लिए। उसका दिल मुँह को आ गया।

'आप किसे रखना चाहेंगे, माँ को या बच्चे को?' चानू ने पूछा।

दद्दा स्क्रीचर ने जवाब नहीं दिया और चानू ने उन पर ज़ोर भी नहीं डाला। स्क्रैग्ली का गला सूख गया।

हालाँकि वे बीमार लग रहे थे, लेकिन दद्दा स्क्रीचर अपना काम बदस्तूर करते रहे। वे आँगन में झाड़ू लगाते, फूलों की क्यारियों की घास-फूस साफ़ करते और सब्ज़ियों के बगीचे में पानी लगाते। वे कुत्तों को खाना देते। 'खाओ, स्क्रैग्ली,' उन्होंने कटोरे में गोश्त का सूप डालते हुए कहा। उन्होंने उसके सिर को सहलाया। कोरी को खाना दिया।

स्क्रैग्ली का गला रुँध गया। उसे ही बेचा जा रहा था। उसकी आँखों में आँसू भर आये। उसने उदासी से दद्दा स्क्रीचर की तरफ़ देखा जो दूसरी तरफ़ देखने लगे। वह कहाँ जायेगी? उसका क्या होगा, कम से कम नन्ही कोरी तो यहीं रहेगी।

ननद जी अचानक कोरी के खाने में दिलचस्पी न दिखाते हुए स्क्रैग्ली के कटोरे की तरफ़ बढ़ी।

'दफ़ा हो जाओ!' दद्दा स्क्रीचर ने गुस्से से कहा। उन्होंने मुर्गी को उठाया और दूसरी तरफ़ उछाल दिया। वह पंख फड़फड़ाते हुए ज़मीन पर उतरी और ऐसे चीखने लगी मानो मर रही हो।

दीवार के ऊपर से बूढ़ी बिल्ली धीरे से हँसी। स्क्रैग्ली अपने शेड में गयी और दुबक कर बैठ गयी। कोरी उसके पीछे-पीछे चली आयी और उसके करीब बैठ गयी। वहाँ जगह कम थी लेकिन स्क्रैग्ली को यूँ साथ बैठना तसल्लीबख़्श लगा।

'माँ, मुझे लगता है, कुछ बुरा होने वाला है,' कोरी ने हिचकिचाते हुए कहा।

स्क्रैग्ली अपनी सूखी और खुरदुरी ज़बान से अपने बच्चे के मुँह को चाटने लगी। 'हाँ, मेरे खयाल से तुम ठीक कह रही हो।'

'क्या होने वाला है?'

स्क्रैग्ली ने एक लम्बी साँस ली। उसके जीवन में इतनी सारी बुरी चीज़ें हुई थीं। पता नहीं क्यों अब उसने यह मान लिया था कि उसके साथ और कुछ बुरा नहीं होगा। लेकिन सर्दियों में उसके लिए कुछ और ज़रूर होगा। अब सर्दी का मौसम उसके साथ क्या करने वाला था? उसने एक गहरी साँस ली, लेकिन सावधानी से, ताकि कोरी परेशान न हो जाये।

'बड़ी वाली?' बाहर से आती एक आवाज़ ने कहा। 'ओह, वह, जिसमें जंगली नस्ल का खून भी है?' यह उसी कुत्तों के व्यापारी की आवाज़ थी।

स्क्रैग्ली का पूरा ध्यान उसी तरफ़ लग गया। उसके अन्दर भय घुमड़ने

    कुत्ता जिसने सपने देखने की हिम्मत की

लगा। क्या उसे इस कुत्ता व्यापारी को बेचा जा रहा था? वह भौंकते हुए तेज़ी से अपने शेड से बाहर निकली। ननद जी, जो स्कैग्ली के कटोरे से खाना खा रही थी, पंख फड़फड़ाते हुए दूर हट गयी।

कुत्ता व्यापारी के पास उसकी वही साइकिल थी जिस पर तारों से बना एक पिंजरा रखा था। उसने स्कैग्ली की तरफ़ देखा।

'मुझे उसके साथ मत भेजो!' स्कैग्ली चिल्लायी। उसका दिल चूर-चूर हो रहा था। जितनी बार वह भौंकती उसे लगता कि उसका गला छिल गया है।

'मैं उसे कैसे पकड़ूँगा? पता है न, यह तो वाकई चीज़ है।' कुत्ता व्यापारी ने हँसते हुए कहा। 'अगर खालिस नस्ल की होती तो यह वाकई ज़बर्दस्त मिसाल होती।'

दद्दा स्क्रीचर और चानू ने जवाब नहीं दिया। दद्दा स्कैग्ली को बेचैनी से उछलते देखते रहे।

'मुझे पिल्ले के लिए अगले साल फिर आना पड़ेगा,' कुत्ता व्यापारी ने कन्धे उचकाते हुए कहा। 'अभी तो इसे बड़ा होकर ''ब्रीडर'' बनने में वक्त लगेगा।'

स्कैग्ली के पेट में हौल उठने लगी। वह कोरी के बारे में तो भूल ही गयी थी। वह कोरी को नहीं जाने दे सकती थी। वह तो और भी खराब होता। उसी के साथ यह सब क्यों होना था?

'अजीब बात है,' दद्दा स्क्रीचर ने टिप्पणी की। 'यह तुम्हें बिलकुल बर्दाश्त नहीं कर पाती।'

'ओह, आप तो जानते ही हैं। कुत्ते ऐसे ही होते हैं।'

'हाँ, शायद। तुम कुत्तों के लिए एक भयानक फ़सल काटने वाले की तरह जो हो।'

कुत्ता व्यापारी की मुस्कुराहट फीकी पड़ गयी। उसके गाल नाराज़गी से फड़के।

दद्दा स्क्रीचर मुड़े और अपनी कुर्सी पर बैठ गये। वे फिर स्क्रैग्ली को घूरने लगे। वह भौंकती रही।

कुत्ता व्यापारी वहीं नाखुश-सा खड़ा रहा। 'देखो, अगर तुम इसे नहीं बेचने वाले हो, तो मुझे कहीं और भी जाना है।'

'उस वाले को ले जाओ,' दद्दा स्क्रीचर ने कोरी की तरफ़ सिर से इशारा करते हुए कहा।

दुनिया एकाएक घूम गयी। स्क्रैग्ली ज़ोर से चिल्लाने लगी। दद्दा स्क्रीचर को पता होना चाहिए कि पीछे रह जाना या छोड़ कर चले जाना, दोनों एक समान असहनीय थे, लेकिन उन्होंने उसकी तरफ़ देखा ही नहीं। उन्होंने एक सिगरेट सुलगाई लेकिन उन्हें इतनी ज़ोर से खाँसी आयी कि वे दोहरे हो गये। स्क्रैग्ली कूदते हुए अपनी ज़ंजीर को खींचने लगी, लेकिन कुत्ता व्यापारी ने उसके पिल्ले को पकड़ा और उसे अपने पिंजरे में बन्द कर दिया। कोरी रोने लगी। स्क्रैग्ली बेतहाशा भौंकती रही। यह बिलकुल उसी वक्त की तरह था जब उसकी माँ और भाई-बहनों को पिंजरे में डाल कर ले जाया गया था। कोरी की काली आँखों ने अपनी माँ की आँखों को अपने करीब पाया। उसका चेहरा पिंजरे के तार से सटा हुआ था। वह भय और आतंक से स्तब्ध लग रही थी।

'मैंने तुम्हें इसकी अच्छी कीमत दी है, क्योंकि तुम्हारे यहाँ से मैं हर बार इन्हें ले जाता हूँ।' कुत्ता व्यापारी ने जाने से पहले रूखेपन से कहा।

स्क्रैग्ली असहाय होकर अपनी ज़ंजीर को चबाने लगी; ज़ंजीर उसके दाँतों से टकरा कर झनझनाने और, उसके दिमाग में बजने लगी। दीवार के पार से कोरी का रुदन सुनाई दे रहा था। स्क्रैग्ली ने उसे वापस पुकारा।

दुनिया एक बार फिर इस तरह नि:शब्द हो गयी जिसे समझना मुश्किल था।

 कुत्ता जिसने सपने देखने की हिम्मत की

दुःख का आना

स्क्रैग्ली ने जब खाना खाने से इनकार कर दिया तो दद्दा स्क्रीचर ने उसकी ज़ंजीर हटा दी। उसकी जगह ननद जी को तार वाले पिंजरे में डाल दिया गया। ननद जी ने बहुत शोर मचाया लेकिन दद्दा ने उस पर ध्यान नहीं दिया। दद्दा स्क्रीचर ने अपनी दुकान पर जाना फिर शुरू कर दिया लेकिन वे जल्दी लौट आते और उदास और मायूस दिखते। स्क्रैग्ली उनके करीब भी नहीं जाती। जब दद्दा देख नहीं रहे होते तो वह सिर्फ़ उतना खाती जितना ज़िन्दा रहने के लिए ज़रूरी था। वह सारा दिन बाहर घूमती रहती और घर तभी वापस आती जब थक के चूर हो जाती। वह हमेशा वापस आ जाती; उसे अपने बारे में यह बात बिलकुल अच्छी नहीं लगती थी।

आज, स्क्रैग्ली धीमे-धीमे चलती हुई पड़ोस में निकल गयी। वह प्राथमिक स्कूल के पीछे भी चक्कर काट चुकी थी लेकिन उसे कुछ नहीं मिला था। कोरी कहाँ चली गयी? सब लोग आखिरकार कहाँ चले जाते हैं? उसने दद्दा स्क्रीचर को सड़क पर अपनी साइकिल के बगल में उकड़ूँ बैठे हुए देखा। वह प्रौढ़ नागरिक केन्द्र के पास थोड़ा रुकी। वे क्या कर रहे थे? वह सड़क के एक किनारे की तरफ़ चल पड़ी। खेत में बनी हल की लकीरों में स्टील की एक लम्बी घुमावदार सीढ़ी रखी थी जो किसी ने फेंक दी थी।

'स्क्रैग्ली, तुम कहाँ गयी थीं?' दद्दा स्क्रीचर ने पूछा।

स्क्रैग्ली ने उनकी तरफ़ देखा भी नहीं।

'तुम बहुत ज़्यादा भटकती हो,' दद्दा ने एक लम्बी साँस लेते हुए कहा। 'सिर्फ़ मैं ही हूँ जो तुम्हारे जैसे कुत्ते को बर्दाश्त कर सकता हूँ। चलो, घर चलें।'

स्क्रैग्ली दद्दा और अपने बीच लम्बा फ़ासला छोड़ते हुए धीरे-धीरे उनके पीछे चलने लगी। जब भी वे पीछे मुड़ कर उसे देखते वह रुक जाती। जब से कोरी को कुत्ता व्यापारी लेकर गया था, दद्दा उसे थपथपाने की कोशिश भी करते तो वह दूर हट जाती थी।

दरवाज़ा चरमराते हुए खुला और वे अन्दर दाखिल हुए। बूढ़ी बिल्ली, जो पिंजरे के चारों तरफ़ चुपके-चुपके चहलकदमी कर रही थी, उछल कर दौड़ गयी। ननद जी ने चिल्लाना शुरू कर दिया। 'मुझे बाहर निकालो! मैं तुम्हें मज़ा चखाती हूँ, बूढ़ी बिल्ली! जानते हो, उसने मुझसे क्या कहा? उसने कहा कि वह मुझ पर अपने दाँत गड़ाने के लिए बेताब है!'

दद्दा स्क्रीचर ने उस पर ध्यान नहीं दिया और भीतर चले गये। स्क्रैग्ली अपने शेड में जाकर दुबक गयी।

'मैं भी उसे दिखा दूँगी कि मेरी चोंच कितनी पैनी है!' ननद जी पिंजरे के अन्दर चलते हुए बड़बड़ाई।

स्क्रैग्ली ने अपने पंजों से अपने कान ढँक लिये। जब उसने छकड़ा गाड़ी के जाने की खड़खड़ाहट सुनी तभी स्क्रैग्ली ने बाहर झाँका। बगीचे की सब्ज़ियाँ बेचने के लिए न जाना हो तो दद्दा स्क्रीचर हमेशा अपनी साइकिल पर ही जाते थे। वे खाली छकड़ा गाड़ी को बाहर क्यों ले जा रहे थे? वे क्या योजना बना रहे थे? उसने कोशिश की कि वह इस सबकी परवाह न करे। उसने अपनी आँखें बन्द कर लीं और पहले से ज़्यादा खुद में सिमट कर दुबक गयी। लम्बे समय तक वह बिना हिले-डुले पड़ी रही, लेकिन आखिरकार उठी और दरवाज़े के नीचे से चुपचाप बाहर निकल गयी। दद्दा स्क्रीचर प्रौढ़ नागरिक केन्द्र के करीब पहुँच रहे थे। उसे बहुत अच्छी तरह से तो नहीं दिखायी दिया लेकिन ऐसा लगा कि वे उस स्टील की सीढ़ी को छकड़े में रखने की कोशिश कर रहे थे। छकड़े

   कुत्ता जिसने सपने देखने की हिम्मत की

का पिछला हिस्सा नीचे ज़मीन पर था और उसका हैंडल ऊपर हवा में उठा हुआ था। पहिये चले और सीढ़ी छकड़े से नीचे फिसल गयी। दद्दा स्क्रीचर लगभग लुढ़क गये। उन्होंने फिर कोशिश की, लेकिन नतीजा यही हुआ।

स्कैग्ली ने अपनी आँखें सिकोड़ीं और कुछ कदम आगे चली। फिर वह कुछ और करीब गयी। अब वह भी प्रौढ़ नागरिक केन्द्र की तरफ़ बढ़ रही थी। दद्दा स्क्रीचर ने छकड़े के पहिये के नीचे कुछ रख दिया ताकि वह सरके नहीं और सीढ़ी के एक सिरे को ऊपर उठा दिया। वहाँ से गुज़रते हुए किसी आदमी ने सीढ़ी को उठाने और उसे छकड़े पर लादने में मदद की। फिर झुक कर उन्होंने छकड़ा गाड़ी को खींचना शुरू किया। स्टील की सीढ़ी छकड़े से कई गुना बड़ी थी इसलिए वे धीरे चल रहे थे, सीढ़ी ज़मीन पर भी घिसट रही थी। स्कैग्ली जहाँ थी वहीं रही। दद्दा स्क्रीचर का चेहरा और गर्दन पसीने से तरबतर थे, उनके होंठ सूख गये थे और उनके बाल धूल से भरे थे। 'एक तरफ़ हटो,' उन्होंने आदेश दिया।

स्कैग्ली ने उन्हें घूरा।

'हटो, मैंने कहा।'

वह डटी रही। अगर वह बोल सकती तो उन्हें बता देती कि उसे हुक्म देना बन्द करें। वह उन्हें घूरती रही। उसने कुछ करने का सोचा नहीं था, लेकिन ऐसा करने से उसे अच्छा महसूस हुआ।

'रास्ते से हट जाओ!' दद्दा स्क्रीचर ने गुस्से से कहा।

उसके फ़र के बाल खड़े हो गये और वह खुद-ब-खुद हमले की मुद्रा में आ गयी।

'तुम्हारी इतनी हिम्मत कैसे हुई!' उन्होंने अपना छकड़ा उसी की तरफ़ खींचना शुरू कर दिया। उनके भारी क़दमों और छकड़े ने उसे पराजित कर दिया। स्कैग्ली उस रास्ते के किनारे बह रही छोटी-सी नदी में गिर गयी। अगर वह ज़रा-सी और चुस्ती दिखाती तो वह नदी से ऊपर की तरफ़ उछल कर

पुश्ते पर आ सकती थी, लेकिन पता नहीं क्यों, उसे पानी में रहने से ताज़गी का एहसास हुआ।

बिलकुल भीगी हुई और गन्दी स्क्रैग्ली घर चली गयी। दद्दा स्क्रीचर ने उसकी तरफ़ देखा भी नहीं। वह सीढ़ी ज़मीन पर रखी थी। वे कुर्सी पर धुले हुए गीले कपड़ों की तरह फैले हुए थे। वे अँधेरा होने तक वहाँ ऐसे ही पड़े रहते अगर एक स्त्री अचानक घर में दाखिल न हुई होती।

'वह कुत्ता कहाँ है?' वह स्क्रैग्ली के भौंकने से पहले ही चिल्लायी।

दद्दा स्क्रीचर ने हैरान नज़रों से उसकी तरफ़ देखा।

'वह कुत्ता, क्या वह यहाँ नहीं आयी?' उस महिला ने हवा में उँगली चलाते हुए कहा।

स्क्रैग्ली सावधानी से उसकी तरफ़ बढ़ने लगी। दद्दा स्क्रीचर ने अपनी आँखें सिकोड़ीं। 'क्या?'

'वह बेवकूफ़ मादा कुत्ता भाग गयी! मेरे पति को काट खाने के बाद!'

दद्दा स्क्रीचर कुर्सी पर धीरे से उठ कर बैठ गये। स्क्रैग्ली अपना सिर उठा कर उस औरत और दद्दा के बीच देखने लगी। 'आप क्या कह रही हैं?' दद्दा बुदबुदाए। 'आप लोगों के साथ क्या माजरा है? क्या आपने कभी एक कुत्ता नहीं पाला?'

वह महिला ताव में चारों तरफ़ घूम कर देखने लगी, शेड में, तारों वाले पिंजरे में, यहाँ तक कि रसोई में भी। 'वह मादा कुत्ता कहाँ छिपी है? ज़रा ठहरो, मैं उसे पकड़ ही लूँगी।'

क्या वह कोरी की बात कर रही थी? या फिर वह किसी और कुत्ते को खोज रही थी? इस अजनबी की घर में ऐसे आकर चिल्लाने की जुरत कैसे हुई? स्क्रैग्ली ने भौंकना शुरू कर दिया।

'चुप, स्क्रैग्ली,' दद्दा ने इशारा करते हुए कहा। स्क्रैग्ली चुप हो गयी।

   कुत्ता जिसने सपने देखने की हिम्मत की

'वह गयी तो कहाँ?'

'मुझसे मत पूछो!' वह महिला चिल्लायी। 'वह यहीं आयी थी।'

'मैंने तो उसे तब से नहीं देखा जब से आपके पति उसे लेकर गये हैं। अगर वह भाग भी गयी है तो यह मेरा मसला नहीं है,' दद्दा स्क्रीचर ने दलील दी।

'उसने उन्हें काट खाया है। मुझे कम से कम उसके मुट्ठी भर बाल तो चाहिए ही।'

'अस्पताल जाइये। उसके फ़र का क्या फ़ायदा होगा?' दद्दा स्क्रीचर धीरे से उठे और उन्होंने तारों वाला पिंजरा खोल दिया। ननद जी जल्दी-जल्दी उसमें से बाहर निकली और मिट्टी के बर्तनों पर बैठ गयी। उन्होंने रसोई का, शेड और यहाँ तक कि घर के सामने वाला दरवाज़ा भी खोल दिया। 'आप देख लें। मैंने अपनी ज़िन्दगी में बहुत सारे पिल्ले बेचे हैं, लेकिन किसी ने मुझसे इतना बेइज़्ज़ती भरा बर्ताव नहीं किया!'

उस औरत ने उन पर ध्यान नहीं दिया और घर में घुस गयी। तभी वह कुत्ता व्यापारी अन्दर आ गया, उसकी बाज़ू पर एक सफ़ेद पट्टी बँधी थी। स्क्रैग्ली भौंकते हुए इस आदमी पर झपटी। वह उछल कर पीछे हटा और उसकी पत्नी, यह शोर सुन कर पता करने बाहर निकली तो यह देख कर हाथ हिलाते हुए चिल्लायी। अगर दद्दा स्क्रीचर ने उसे गर्दन से न पकड़ लिया होता तो स्क्रैग्ली ख़ुशी-ख़ुशी इस आदमी को काट लेती।

'वह मादा कुत्ता यहाँ नहीं आयी?' कुत्ते के व्यापारी ने पूछा।

'क्या तुम वाकई पूछ रहे हो?' दद्दा स्क्रीचर ने स्क्रैग्ली को पिंजरे के अन्दर घसीटने की कोशिश करते हुए कहा। उसने अपने पैर ज़मीन पर गड़ा लिये। इस बार उसे इस आदमी पर हमला करना ही था। लेकिन दद्दा स्क्रीचर की पकड़ बहुत मज़बूत थी। उसे ऐसा लगा कि उसकी आँखें बाहर निकल जायेंगी। वह भौंक भी नहीं सकी।

'ठहरो। यह तुम्हारा ही जूता है न?' उस महिला ने तारों वाले पिंजरे के

ऊपर लटकते पुराने जूते की तरफ़ इशारा करते हुए कहा।

स्क्रैग्ली को चक्कर आ गया। दद्दा हैरान होकर रुक गये। कुत्ता व्यापारी बेचैन-सा दिखने लगा। थोड़ी देर के लिए उन सभी पर चुप्पी छा गयी।

'यह वहाँ क्यों है?' औरत ने पूछा।

'क्या मतलब है तुम्हारा?' कुत्ता व्यापारी ने हिचकिचाते हुए पूछा।

'तुम्हें याद है, एक अर्सा पहले तुम एक दिन एक ही जूता पहने घर आये थे? वह जूता यहाँ क्यों लटका है?' उसने जूते की तरफ़ हाथ बढ़ाया।

दद्दा स्क्रीचर की नज़रें तिरछी हो गयीं। स्क्रैग्ली का दिल तेज़ी से उछलने लगा।

कुत्ता व्यापारी ने अपनी पत्नी की बाँह को झटके से खींचा। 'यह तुम क्या कह रही हो, बेवकूफ़ औरत?'

'देखो,' दद्दा स्क्रीचर ने कहा, उनकी आवाज़ गुस्से से काँप रही थी। उन्होंने स्क्रैग्ली को पिंजरे में बन्द कर दिया। वह कुछ होने के पूर्वानुमान के साथ उनके काँपते हाथों को देखती रही। उन्होंने वह जूता पिंजरे से उतारा और उसे अपने हाथ में रख कर दिखाया। 'क्या आपको यकीन है कि यह जूता आपके पति का है?' उन्होंने उस औरत से पूछा।

'वैसे...यह तो...' वह अपने पति की तरफ़ देखते हुए धीरे-धीरे चुप हो गयी। उसके पति की बेचैनी और घबराहट ज़ाहिर होनी शुरू हो गयी थी।

'समझा। तो यह माजरा है। यही वजह है कि मेरी मादा कुत्ता जब भी तुम्हें देखती है, वह ऐसा बर्ताव करने लगती है।'

'क्या? आप क्या कह रहे हैं? यह मेरा जूता नहीं है।' कुत्ता व्यापारी नहीं में सिर हिलाते हुए पीछे हटा।

'जिस चोर ने हमारे सारे कुत्ते चुरा लिये थे, उसके पैर से यह जूता गिरा था। स्क्रैग्ली इस जूते को वापस घर ले आयी। कितनी अजीब बात है। तुम्हारी

बीवी कहती है कि यह तुम्हारा जूता है, लेकिन तुम इससे इनकार कर रहे हो ?'

कुत्ता व्यापारी का चेहरा लाल हो गया और मुँह बिगड़ गया। दद्दा एक हाथ में वह जूता पकड़े रहे, ऐसा लग रहा था कि वे उस व्यापारी पर एक मुक्का जमाने वाले हैं।

'एक निर्दोष आदमी पर इल्ज़ाम मत लगाओ !' कुत्ता व्यापारी आँगन से बाहर निकलते हुए चिल्लाया।

'चोर ! ठग !' उनके पीछे उन पर वह जूता फेंकते हुए दद्दा स्क्रीचर गुस्से में चिल्लाये। जूता उस व्यापारी की पीठ पर लगा। वह सिर पर पाँव रखकर भाग गया। वह औरत चकराई हुई वहाँ कुछ देर खड़ी रही और फिर धीरे-धीरे बाहर चली गयी।

दद्दा स्क्रीचर गुस्से में टहलते हुए खुद को शान्त करने की कोशिश करने लगे। उन्होंने गुस्से से दरवाज़े की तरफ़ देखा। 'दुष्ट चोर !' वे अपनी कुर्सी पर धम्म से बैठते हुए बड़बड़ाए।

बस इतना ही। उन्होंने और कुछ नहीं किया। क्या बस इतना ही ? अब जबकि वे जानते थे कि चोर कौन है, क्या वे उस चोर से उसका परिवार ज़बरन वापस नहीं ले सकते थे ? वे उन्हें ऐसे कैसे भाग जाने दे सकते थे ? वह तारों पर अपना सिर मारते हुए गुर्राई।

'मैं जानता था !' दद्दा बुदबुदाए। 'स्क्रैग्ली, तुम वाकई अनूठी हो।'

इन शब्दों से उसके अन्दर उबलता हुआ गुस्सा शान्त हो गया। उन्होंने हमेशा उसे उदास और नाराज़ किया था। उन्होंने उसे पूरी दुनिया में अकेला कर दिया था। लेकिन वह उन्हें नहीं छोड़ पायी थी। ऐसा क्यों था ? दद्दा ने कुर्सी पर पीछे अपनी पीठ टिका दी। तेज़ धूप में वे पारदर्शी से लगने लगे, धूप में सूखते लिनेन के कपड़े जितने हल्के। स्क्रैग्ली को पक्का यकीन नहीं था कि वह उन्हें जानती है। शायद वे हमेशा से एक अजनबी ही थे। उसने अपने पैर बाहर की तरफ़ फैला लिये। वह नीचे लेट गयी। उसका फ़र सूख कर कड़ा हो गया

लेकिन उसने अपने शरीर पर लगी गन्दगी को झाड़ कर साफ़ नहीं किया, न ही पिंजरे में बन्द किये जाने की शिकायत की।

'कुछ देर बाद सूरज डूब गया। शाम की ठंडी हवा बहने लगी।

'कोरी है! कोरी आ रही है!' ननद जी तेंदू के पेड़ पर से पंख फड़फड़ाते हुए नीचे आ गयी।

स्कैग्ली ने अपना सिर उठाया।

'कमाल है! वह वापस आ रही है? कुत्ता, जिसे बेच दिया गया था?' बूढ़ी बिल्ली दीवार के ऊपर से चिल्लायी।

कोरी वापस आ रही थी? स्कैग्ली उछल कर खड़ी हो गयी और दरवाज़े की तरफ़ देखने लगी। पिंजरे के अन्दर से वह बहुत अच्छी तरह नहीं देख सकती थी। उसने देखा कि दद्दा भौंह चढ़ाते हुए धीरे से उठे। उसने अपने दोनों पंजे पिंजरे पर रखे और उसे हिलाने लगी। वह अपने बच्चे की गंध को सूँघ सकती थी लेकिन उसकी गंध अजीब-सी थी। कोरी गेट के नीचे से रेंग कर उसकी तरफ़ आने लगी, वह मैली-कुचैली लग रही थी और उसकी आँखें अन्दर धँसी हुई थीं।

'क्या हुआ, मेरी बच्ची?' स्कैग्ली ने उसके करीब आकर उसे छुआ।

कोरी की आँखें अस्थिर थीं और उसकी नाक सूखी। उसके मुँह से सफ़ेद झाग निकल रहा था। दद्दा स्कीचर जल्दी-जल्दी उस पिल्ले की जाँच करने पहुँचे। उसकी आँखें पलट गयीं और वह गिर पड़ी।

स्कैग्ली भौंकने लगी।

'यह क्या— ?' दद्दा स्कीचर ने कोरी को अपनी गोदी में उठा लिया और उसका मुँह खोला। उन्होंने उसकी आँखों को खोल कर उनमें झाँका और उसके पेट पर अपने कान रख कर कुछ सुनने की कोशिश की। दद्दा उसके पिल्ले को रसोई में ले गये और स्कैग्ली बेचैनी से चहल-कदमी करती रही।

'उसे मेरे पास ले आओ!' स्क्रैग्ली ने अपने पिंजरे को जितना हो सकता था, उतनी ज़ोर से हिलाया।

'यह कैसे हो सकता है?' ननद जी गलियारे और पिंजरे के बीच घूमती हुई कुटकुटाई। 'यह तो ठीक नहीं लग रहा।'

बूढ़ी बिल्ली फ़िक्रमंद होकर नीचे आँगन में आ गयी।

'मैंने अपने शहर में भी ऐसा देखा है। यह बहुत बुरा हुआ।' ननद जी ने लम्बी साँस ली।

बूढ़ी बिल्ली ने स्क्रैग्ली की तरफ़ देखा। 'बच्चों को चोट तो लगती ही है,' उसने ढाँढस बँधाते हुए कहा। 'इसी तरह तो बच्चे सीखते हैं और बड़े होते हैं।'

'मुझे बाहर आने दो!' स्क्रैग्ली चिल्लायी।

'लेकिन अगर तुम बाहर आयीं तो मुझे अन्दर बन्द कर दिया जायेगा,' ननद जी ने दलील दी।

स्क्रैग्ली ज़ोर से रोने लगी। 'कोरी! तुम्हें क्या हुआ, कोरी?'

'मुझे वहाँ अच्छा नहीं लगता। मैं नहीं चाहती कि मुझे दुबारा वहाँ बन्द कर दिया जाये।'

'ओह, मूर्ख मुर्गी!' बूढ़ी बिल्ली गुस्से में फुफकारी। 'काश, मैं तुम्हारा मुँह बन्द कर पाती!'

'क्या? बेवकूफ़ बिल्ली? तुमने क्या कहा?' ननद जी अपने पंख फड़फड़ाते हुए भागने लगी, और बिल्ली उसके पीछे तेज़ी से दौड़ी। लेकिन मुर्गी इतनी ताकत से दौड़ी कि बूढ़ी बिल्ली दीवार पर नहीं चढ़ पायी; वह आँगन में दौड़ती रही और बाद में किसी तरह गेट के नीचे से बाहर निकल गयी।

बहुत देर बाद दद्दा स्क्रीचर बाहर आये। 'बाहर आ जाओ, स्क्रैग्ली।'

जैसे ही दद्दा ने पिंजरे का दरवाज़ा खोला स्क्रैग्ली रसोई में दौड़ी गयी।

कोरी एक कम्बल पर लेटी थी। उसकी साँसें हल्की थीं और उसका सीना खतरनाक तरीके से धड़क रहा था। उसमें से किसी भयानक चीज़ की गंध आ रही थी। उसका गला घरघरा रहा था। उसकी बगल में गर्म पानी की चिलमची और एक लम्बी लकड़ी की चम्मच रखी थी।

'उसने कुछ बुरी चीज़ खा ली,' दद्दा ने लम्बी साँस भरते हुए कहा। 'ज़हर खाए हुए चूहे या ज़हर लगी हड्डी शायद...' वे हल्के-हल्के कोरी के पेट को सहलाने लगे।

स्क्रैगली ने अपनी बच्ची की आँखों में देखा। वे धुँधली-सी थीं लेकिन उसने अपनी माँ को पहचान लिया। अब यह पूछने के लिए बहुत देर हो चुकी थी कि दरअसल उसके साथ क्या हुआ। ऐसा क्यों होता था कि वे कभी वापस नहीं आते थे? ऐसा क्यों था कि जब उनमें से एक वापस आयी भी तो इस तरह?

'माँ...' कोरी के मुँह से एक हल्की-सी आह निकली।

स्क्रैगली अपनी बच्ची के करीब आने के लिए झुक गयी। वह अपने पूरे अस्तित्व में उसकी आवाज़ को सोख लेना चाहती थी। 'कोई बात नहीं, मेरी बच्ची, डरो मत।'

कोरी का शरीर अकड़ गया। उसने अपना सिर उठाया। क्या उसकी हालत बेहतर हो रही थी? उसके मुँह से लाल-काला खून बहने लगा। पूरे कमरे में एक भयानक बदबू फैल गयी। ऐसा लग रहा था मानो उसके शरीर में इकट्ठा हुआ दुःख अब उससे बाहर रिस रहा हो।

तौलिये से खून सूखा भी नहीं था, उस कमरे की भयानक बदबू अभी ख़त्म नहीं हुई थी कि कोरी ने दम तोड़ दिया। स्क्रैगली उसके थके हुए चेहरे को चाटती रही और उसकी बगल में ही खड़ी रही। दद्दा स्क्रीचर ने कोरी को एक कम्बल से ढँक दिया और कुछ समय के लिए स्क्रैगली को उसके साथ अकेला छोड़ दिया।

घुमावदार सीढ़ियाँ

'घर में तो ऐसा नहीं होता था,' ननद जी झींकने लगी। 'कोई मेरी तरफ़ देखता भी नहीं। यह मेरी ज़िन्दगी कैसे हो सकती है?' वह दयनीय तरीके से अपने ही पंखों में चोंच मारने लगी।

'अपने कुछ और पंख नोच लो,' बूढ़ी बिल्ली ने सलाह दी।

'तुम बहुत खराब बिल्ली हो!'

'सँभल के। तुम मुझ तक नहीं पहुँच सकतीं।' बूढ़ी बिल्ली ने अपने पंजे तार के पिंजरे पर रख दिये। ननद जी उसकी तरफ़ दौड़ी लेकिन बिल्ली दूर हट गयी।

'मेरे साथ इतना बुरा बर्ताव क्यों किया जा रहा है?' ननद जी उदास लगने लगी।

स्क्रैग्ली ने उन पर कोई ध्यान नहीं दिया। न ही दद्दा स्क्रीचर ने। पिछले दो दिन से दद्दा सिर्फ़ आँगन में अपने काम पर ही ध्यान दे रहे थे। वे स्टील पर काम कर रहे थे जिसकी वेल्डिंग से नीला धुआँ निकल रहा था। वेल्डिंग की लौ चमकती रहती थी। स्क्रैग्ली घबराती, आँखें मिचमिचाती रही। जैसे ही ऑक्सीजन टैंक का हुक खुला उसमें से फुफकार की आवाज़ निकली। स्क्रैग्ली उस लपलपाती लौ को हैरत से देखती रही। दद्दा ने उस लाल लपट को नियन्त्रित करके एक पतली नीली लौ में बदल दिया। इस लौ से उन्होंने स्टील को काटा और स्टील के दूसरे टुकड़े से जोड़ दिया। हर बार जब लाल धातु में चिंगारी

उठती तो दद्दा के मास्क का काला शीशा आग से चमक उठता। चिंगारियाँ उनकी गर्दन, और उनके कपड़ों पर पड़कर उन्हें जला देतीं और एक सफ़ेद धुएँ की एक हल्की-सी लकीर उठती। स्क्रैग्ली को हैरानी होती कि आग की लपटें हमेशा अपना निशान छोड़ जातीं, तब भी, जब वे तुरन्त ख़त्म हो जातीं। आग से सख्त स्टील मुलायम और लचीला हो जाता। इतने दुबले और कमज़ोर दद्दा कैसे यह सब काम कर पाते थे?

'मुझे अब थोड़ा आराम करना चाहिए,' दद्दा स्क्रीचर बुदबुदाये और उन्होंने वेल्डिंग टॉर्च और अपना मास्क नीचे रख दिया। उनका चेहरा पसीने से चमक रहा था। वे अपनी कुर्सी पर बैठ गये। उन्होंने पीने के लिए पानी का गिलास उठाया, फिर स्क्रैग्ली की तरफ़ देखा। 'मेरे खयाल से कहीं चावल की वाइन रखी होनी चाहिए,' उन्होंने सोचते हुए कहा। 'जब गला सूख रहा हो, तो उससे बेहतर कुछ भी नहीं।' वे भीतर गये और एक सफ़ेद बोतल के साथ बाहर आये, एक कप भरा और उसे पी गये।

स्क्रैग्ली ने वेल्ड को सूँघा। वह अब भी गर्म था और उसकी गंध धातु जैसी थी। यह गंध उसके दिल को बींधती चली गयी, उसे याद आया कि यह गंध उसे कितनी अच्छी लगती थी। दद्दा स्क्रीचर एक सीढ़ी बना रहे थे। बीच में एक मोटे से खम्भे के चारों ओर घूमता हुआ जंगला था। उन्होंने पहले लगी हुई जंग खाई सीढ़ी को निकाल दिया था और अब वे स्टील के चौकोर टुकड़े काट कर उन्हें एक साथ वेल्ड करके सावधानी से उन्हें रख कर नयी सीढ़ी बना रहे थे। वे सन्तुष्ट लग रहे थे लेकिन स्क्रैग्ली परेशान थी और समझ नहीं पा रही थी कि वे ऐसा क्यों कर रहे थे? इसे बनाने में बहुत देर लग रही थी।

'आओ, स्क्रैग्ली,' दद्दा स्क्रीचर ने कुछ चावल की दूधिया वाइन उसके प्याले में डाल दी और अपनी कुर्सी पर बैठ गये।

उसने अपना सिर उठाया। वाइन की गंध खट्टी-सी थी। उसकी नाक फड़की। उसने इस द्रव्य में अपनी ज़बान डुबोयी। उसका स्वाद मीठा लगा। वह कतई बुरी नहीं थी। उसने वह सारा चाट कर पी लिया।

कुत्ता जिसने सपने देखने की हिम्मत की

दद्दा मुस्कुराये और आराम से पीछे पीठ टिका कर बैठ गये। 'जानती हो, जब भी मैं स्टील को देखता हूँ मुझमें जोश भर जाता है। आप इससे कुछ भी बहुत मज़बूत बना सकते हैं अगर आप यह जानते हों कि आग की लपट का कैसे इस्तेमाल किया जाये। जब आप स्टील को जोड़ते हैं, तो वेल्ड किया हुआ हिस्सा स्टील की प्लेट से 2 मिलीमीटर से ज्यादा मोटा नहीं होना चाहिए। देखो, वरना यह सपाट नहीं रहेगा। आपको इसे ऐसे बनाना होता है ताकि ऐसा लगे कि यह हमेशा से एक ठोस ढाँचा ही था। मैं इस काम में बुरा नहीं हूँ, तुम देख ही सकती हो!'

स्क्रैग्ली ने डकार ली।

दद्दा स्क्रीचर हँसे। 'मुझे यकीन नहीं होता कि मैं तुम्हारे साथ पी रहा हूँ। मेरा साथ देने वाली तुम कैसे हो गयीं? कमाल है।' उन्होंने अपनी आँखें बन्द कर लीं।

निश्चिन्त महसूस करते हुए स्क्रैग्ली भी नीचे लेट गयी।

ननद जी भुनभुनाते हुए पिंजरे के अन्दर घूमती रही। बूढ़ी बिल्ली आँगन के चारों ओर मँडराती रही। 'ज़रा ठहरो तो, जब तक मैं पिंजरे से बाहर न निकल आऊँ, फिर मज़ा चखाती हूँ,' ननद जी गुस्से से अपने पंख फड़फड़ाते हुए बोली। उसने उड़ने की कोशिश की लेकिन पिंजरे की छत से उसका सिर टकरा गया और वह गिर पड़ी। उसके पंख अस्त-व्यस्त हो गये।

दद्दा स्क्रीचर का सिर उनके सीने पर झुक गया। उनके दोनों बाजू कुर्सी से नीचे लटक गये। उनके सफ़ेद बाल हवा में लहरा रहे थे। स्क्रैग्ली ने उनकी उघड़ी हुई दुबली बाजू को देखा। उसके दाँत के निशान अब भी वहाँ नज़र आ रहे थे, हालाँकि ज़ख्म अब भर चुका था। स्क्रैग्ली ने दद्दा के बाजू पर अपने ही काटे से बने ज़ख्म के दाग को हल्के से चाटा। सूरज के डूबते ही हवा बेहद ठंडी हो गयी। नींद में दद्दा ने खुद को गुड़ीमुड़ी कर लिया। न तो मुर्गी और बिल्ली की बड़बड़ उन्हें जगा सकी न ही अन्दर बजते फ़ोन की आवाज़। क्या वे कभी

फिर उठेंगे ? वे सब पिल्ले जो मर गये थे, अकड़ने से पहले उनका शरीर स्थिर हो गया था।

'दद्दा!' एक बच्चा चिल्लाया।

स्क्रैग्ली उठ कर खड़ी हो गयी। डोंगी उछलता-कूदता अन्दर आया, उसके ठीक पीछे सिर पर एक चिलमची उठाये दादी आयीं। चानू और उसकी बीवी आखिर में आये।

'स्क्रैग्ली!' डोंगी मुस्कुराया और उसने अपनी बाँहें खोल दीं। वह भी उछल कर करीब चली गयी। डोंगी ने उसके गले में बाँहें डाल कर कस कर गले लगाया। उसकी मीठी-सी खुशबू से स्क्रैग्ली को बहुत तसल्ली मिली।

'तुम क्या सोच कर यहाँ इस तरह बाहर बैठे हो जबकि तुम्हारी तबियत भी ठीक नहीं ?' दादी ने अपनी चिलमची नीचे रखी और दद्दा स्क्रीचर को जगाया। उन्होंने अपनी आँखें खोलीं, वे थके हुए लग रहे थे लेकिन जब उन्होंने डोंगी को देखा तो उनके चेहरे पर मुस्कुराहट आ गयी।

वह छोटा बच्चा दौड़कर उनके पास आया, दद्दा ने खड़े होकर उसे गोदी में उठा लिया। 'तुम इतनी जल्दी घर वापस आ गयीं!'

'जन्मदिन मुबारक हो!' डोंगी ने चिल्ला कर कहा।

डोंगी को गोदी में उठाये दद्दा स्क्रीचर नाचने लगे। 'मेरा जन्मदिन तो कल है लेकिन जब तक तुम मेरे साथ जन्मदिन मनाने के लिए हो, तो फिर जन्मदिन कभी भी हो सकता है!' वे गोल-गोल घूमने लगे। छोटे बच्चे के साथ और भी निश्चिन्त हो स्क्रैग्ली उनके पीछे-पीछे दौड़ने लगी।

'हम आ गये, पिताजी!' चानू की बहन भी अपने परिवार के साथ आ गयी थी। उनकी बेटी येओनी दौड़कर करीब आ गयी। दद्दा स्क्रीचर ने एक हाथ में डोंगी को उठाया और दूसरे में अपनी नातिन को। और वे नाचते रहे।

'आप इसका क्या कर रहे हैं ?' चानू ने स्टील के जीने की तरफ़ इशारा करते हुए पूछा।

दद्दा स्क्रीचर ने बच्चों को नीचे उतारा और हथौड़ा उठा लिया। उन्होंने हथौड़े से उन जगहों को ठोक कर देखा जहाँ उन्होंने वेल्डिंग की थी कि स्टील ठीक तरह से जुड़ा है या नहीं। 'बढ़िया। अब मेरी थोड़ी मदद करो।'

चानू ने तेंदू के पेड़ के नीचे एक गड्ढा खोदा और दद्दा के दामाद ने आँगन में फैले सभी औज़ारों को इकट्ठा कर लिया।

डोंगी पास आया और ज़ीने पर चढ़ गया। 'यह क्या है, दद्दा?'

'यह एक सीढ़ी है। एक घोंघे जैसी सीढ़ी!'

'एक घोंघा?'

'ठीक।' दद्दा स्क्रीचर ने इशारा किया। 'घोंघे के खोल के अन्दर इसी तरह गोल-गोल घेरे बने होते हैं।'

'ओह, तो यह घोंघे के लिए सीढ़ी है!'

दद्दा स्क्रीचर हँसे। 'यह तुम्हारे लिए है, डोंगी! और तुम्हारे लिए, येओनी। इस पर तुम सावधानी से धीरे-धीरे बिलकुल एक घोंघे की तरह चढ़ना। मैंने इसे इसलिए बनाया है ताकि तुम पेड़ के ऊपर तक जा सको। जब तेंदू के फल पक जायेंगे तो तुम खुद ऊपर जाकर उन्हें तोड़ सकते हो।'

'आप हमारे लिए इन फलों को तोड़ सकते हैं,' डोंगी ने सुझाव दिया।

'वह तो है। लेकिन...'

'लेकिन क्या?'

'अगर मैं यहाँ नहीं हूँ तो मैं तुम्हारे लिए फल नहीं तोड़ सकता न। इसलिए तुम्हें फल तोड़ने होंगे।'

'आप यहाँ क्यों नहीं होंगे? आप तो यहीं हैं!' डोंगी ने दद्दा स्क्रीचर के सीने को थपथपाते हुए कहा और हँसने लगा।

सभी लोग अपने-अपने काम पर वापस लगने से पहले ज़रा-सा ठहर

गये। चानू ने गड्ढा खोदा, दामाद ने औज़ारों को शेड में रख दिया, दादी कुएँ पर जाकर सब्ज़ियाँ धोने लगीं, और दोनों महिलाएँ रसोई में चली गयीं।

स्क्रैग्ली भी आँख बचा कर वहाँ से हट गयी।

'लानत है। विश्वासघात बहुत दुखदायी होता है,' बूढ़ी बिल्ली दीवार के नीचे से बोली।

'यह बहुत अजीब बात की तुमने,' स्क्रैग्ली ने कहा। 'मुझे नहीं मालूम तुम किस बारे में बात कर रही हो।'

'इसका मतलब यह है कि आप दुनिया में किसी पर भरोसा नहीं कर सकते।'

स्क्रैग्ली ने बूढ़ी बिल्ली की तरफ़ देखा। वह जानती थी विश्वासघात कैसा लगता है।

बूढ़ी बिल्ली ने अपनी आँखों और नाक को रगड़ा। 'क्या मैं बहुत बूढ़ी लगती हूँ?'

स्क्रैग्ली ने जवाब नहीं दिया।

'मेरा मतलब है कि मेरी आँखें जवाब दे रही हैं। और मेरी सूँघने की ताकत भी कमज़ोर हो गयी है।'

'बूढ़ा होने में क्या दिक्कत है?' स्क्रैग्ली ने पूछा।

'यही तो मैं कहना चाहती हूँ,' बिल्ली ने चिड़चिड़ाते हुए कहा। 'बूढ़ा होने में दिक्कत ही क्या है? मैं अपनी मालिकिन के साथ दस साल रही हूँ लेकिन अब वह एक बिलकुल नयी बिल्ली ले आयी है। जानती हो, इससे कैसा महसूस होता है?'

स्क्रैग्ली को बिल्ली के लिए बुरा लगा। अगर उसमें से उबकाई दिलाने वाली बदबू न आती तो वह भूल ही जाती कि वह एक बिल्ली है।

'मैं उस बिल्ली को बाहर निकाल ही दूँगी। वह मेरी जगह लेने लगी है।'

　　　　　कुत्ता जिसने सपने देखने की हिम्मत की

बूढ़ी बिल्ली मुड़ी, लेकिन उसके कन्धे झुके हुए थे और उसकी पूँछ फ़र्श पर घिसट रही थी।

परिवार के पुरुष ज़ीने को खड़ा कर रहे थे।

'होशियारी से,' चानू ने कहा। 'उसे कस कर पकड़ना।'

'मैंने पकड़ लिया है। अब इस गड्ढे में सीमेंट डालो,' दद्दा ने आदेश दिया।

'यह तो बहुत अच्छी लग रही है! आपको इसे रंग देना चाहिए—शायद नीले रंग में,' दामाद ने सुझाव दिया।

स्क्रैग्ली ने दद्दा स्क्रीचर के काम को पेड़ के बगल में खड़े होकर देखा। स्टील का ज़ीना तेंदू के पेड़ को चारों तरफ़ से घेरे खड़ा था। एक-एक सीढ़ी करके पेड़ का चक्कर काट कर दसवीं सीढ़ी पर पेड़ की चोटी तक पहुँचा जा सकता था। ज़ीने को देख कर लगता था कि या तो वह पेड़ की हिफ़ाज़त कर रहा है या पेड़ के सहारे टिका है। ज़ीने के हल्के मोड़ जाने क्यों दद्दा स्क्रीचर से मिलते थे, जो झुक कर खड़े थे और अपने ज़ीने की तरफ़ देख रहे थे।

दोस्त

'फ़ौरन बाहर निकलो!' स्क्रैग्ली ने डाँटा।

ननद जी ने उस पर ध्यान नहीं दिया, जैसा कि वह हमेशा करती थी। उसे लगता था कि वह जो भी चाहे कर सकती है। वह सब्ज़ी के बगीचे में पत्तागोभियों में चोंच मारती, मिट्टी के बर्तनों पर उछल-उछल कर बैठ जाती और सूखने के लिए रखी गयीं मछलियों को भी खा जाती। बूढ़ी बिल्ली के मुताबिक, वह पड़ोस में आयी नयी बिल्ली के खाने को चुराने के लिए भी चली गयी थी।

'तुम इतना बड़ा सिरदर्द हो!' स्क्रैग्ली बड़बड़ाई।

'तुम हो सिरदर्द! तुम मुझे परेशान करना बन्द क्यों नहीं करतीं? मैं चैन से आराम भी नहीं कर सकती!' वह मुर्गी पंख फड़फड़ा कर तेंदू के पेड़ पर बैठते हुए चिल्लायी। वह दिन-ब-दिन मोटी होती जा रही थी लेकिन वह अब भी तेज़ी से उड़ लेती थी।

बूढ़ी बिल्ली उससे बचने के लिए दीवार से कूद कर छत पर चली गयी। 'ज़रा ठहरो तो। जैसे ही मुझे मौका मिला...'

ननद जी ही-ही करके हँसी। 'तुम तो सिर्फ़ बातें ही करती हो। तुम्हें लगता है मुझे तुमसे डर लगता है? साबित करो कि तुम डरावनी बिल्ली हो। भागने की बजाय तुम यहाँ क्यों नहीं आ जातीं?' वह सीना फुला कर धमकाते हुए दीवार की तरफ़ बढ़ी।

बूढ़ी बिल्ली पीछे हटी और गायब हो गयी।

स्क्रैग्ली ने एक लम्बी साँस ली और अपने घर में चली गयी। दद्दा स्क्रीचर कहाँ थे? उसने अपने कटोरे में रखा ठंडा, सूखा खाना ज़बरन ठूँस लिया। हालाँकि उसे बिलकुल भूख नहीं थी। दादी ने भोर होते ही खाना उसके कटोरे में डाल दिया था। अगर उसने नहीं खाया तो वह मुर्गी उसे भकोस लेगी, और दिन भर शायद बस इतना ही खाना मिले। कुछ दिनों से उसने दद्दा स्क्रीचर को देखा तक नहीं था। सिर्फ़ दादी आती थीं, जो घर से जल्दी निकलतीं और रात गये वापस आतीं। बहुत ज़्यादा सन्नाटा था। स्क्रैग्ली ने अँगड़ाई ली काँपी, और वापस बाहर निकल आयी।

बूढ़ी बिल्ली निकास के लिए बने पाइप से फिसल कर नीचे आ गयी। 'क्या तुम फिर बस स्टॉप तक जा रही हो? तुम जानती हो, इसका कोई फ़ायदा नहीं।'

स्क्रैग्ली जवाब दिये बिना उसके सामने से गुज़र गयी और गेट के नीचे से निकल कर बाहर चली गयी। बूढ़ी बिल्ली ने अपने होंठों पर जीभ फिराई और धीरे-धीरे पुश्ते के साथ-साथ उसके पीछे चलने लगी। जब से नया बिल्ली का बच्चा आया था वह दुबली हो गयी थी; अब वह ज़्यादातर वक्त बाहर ही घूमती रहती। स्क्रैग्ली बस स्टॉप पर खड़ी हो गयी और गाड़ियों को गुज़रते हुए देखने लगी। कुछ कारें चलती रहतीं और कुछ रुक जातीं लेकिन दद्दा स्क्रीचर नहीं आये। कल भी यही हुआ था और उससे पिछले दिन भी। वह हार मान कर घर लौट आती, और आखिरकार दादी घर लौटतीं, बत्तियाँ जलातीं और उसे खाना देतीं।

सड़क की बत्तियाँ भी जल गयीं। वापस जाने का समय हो गया। कभी-कभी दद्दा का इन्तज़ार करना ऐसा महसूस होता मानो वह अपनी माँ और भाई-बहनों का फिर से इन्तज़ार कर रही हो। चाहे वह कितना ही इन्तज़ार क्यों न करे, दद्दा नहीं आते। स्क्रैग्ली दीवार के साथ-साथ वापस घर लौटने लगी। बूढ़ी बिल्ली दौड़कर उसके पास आयी, हाँफते हुए, उसमें से वही हमेशा वाली

भयानक बदबू आ रही थी। स्क्रैग्ली रुक गयी।

'सोचो, मुझे क्या पता चला है ?' बिल्ली ने पूछा।

स्क्रैग्ली ने बिल्ली की पहेलियों में बात करने के इस शौक पर मुँह बनाया। अगर वह सीधे काम की बात करती तो ज़्यादा आसान होता, क्योंकि आखिरकार, उसे अपना मतलब समझा कर बताना ही था।

'ज़रा सोचो, तुम मेरे लिए क्या कर सकती हो ?' बूढ़ी बिल्ली दाँत दिखाते हुए हँसी।

स्क्रैग्ली ने उसे घूरा।

बूढ़ी बिल्ली ने फिर कोशिश की। 'स्क्रैग्ली, तुम मेरे लिए क्या करोगी अगर मैंने तुम्हें कुछ ख़ास बता दिया तो ?'

'तुम क्या चाहती हो ?'

'हूँ...वैसे तुम्हारे पास कुछ ख़ास अहमियत वाली चीज़ तो नहीं है...'

'ठहरो, मैं तुम्हारी इन चालों से तंग आ चुकी हूँ।'

'ओह, मैं जानती हूँ। तुम मेरी दोस्त बन सकती हो। एक दोस्त, जो मुझे दगा नहीं देगी। एक सच्ची दोस्त।'

'लेकिन मैं एक कुत्ता हूँ। और तुम एक बिल्ली।'

'इसी वजह से तो यह और भी ख़ास है।'

'मैं चलती हूँ।' स्क्रैग्ली ने आज़िज़ आते हुए कहा। 'मैं घर को खाली नहीं छोड़ सकती।'

'ओह, ठीक है। वह बातूनी मुर्गी है वहाँ। जानती हो, एक दिन मैं उसे पकड़ने वाली हूँ। मेरी मालिकिन उससे इतनी परेशान है क्योंकि वह हमारे नये बिल्ली के प्यारे से बच्चे को चोंच मारती रहती है।'

स्क्रैग्ली नाक से फुफकारी और घर की तरफ़ चलना शुरू कर दिया।

'अरे, तुम कहाँ जा रही हो? तुमने कहा ही नहीं कि तुम मेरी दोस्त बनोगी।'

'मैं क्यों तुम्हारी दोस्त बनना चाहूँगी?'

'वैसे, हाँ, देखें तो, तुम्हें मेरी दोस्त क्यों बनना चाहिए?'

'यह तो बेवकूफ़ाना बात है।' स्क्रैग्ली ने अपना सिर हिलाया।

बूढ़ी बिल्ली फिर खींसें निपोरते हुए हँसी और उसका रास्ता रोक कर खड़ी हो गयी। 'ओह, अब मुझे याद आया! वह सफ़ेद वाला।'

'तुम किस बारे में बात कर रही हो?'

'तुम्हारा बच्चा। सफ़ेद वाला। मैंने पता लगा लिया कि वह कहाँ रहता है। क्या तुम जानना नहीं चाहतीं कि वह बड़ा होकर कैसा दिखता है?'

स्क्रैग्ली ने बूढ़ी बिल्ली की आँखों में घूर कर देखा। उसने पहले कभी उस पर यकीन नहीं किया था। अब क्या वह उसका विश्वास कर सकती थी? बिल्ली की बड़ी, टिमटिमाती आँखें भरोसा करने के लिए मानो पुकार रही थीं। 'मेरा बच्चा?'

'मैं जानती हूँ वह कहाँ रहता है। यही तो मैं कह रही हूँ।'

स्क्रैग्ली ने उसकी तरफ़ कदम बढ़ाये, और बूढ़ी बिल्ली उछल कर पीछे हट गयी। कुछ भी हो, थीं तो वे कुत्ता और बिल्ली ही।

'उसे ज़रूर कुछ तालीम मिली होगी,' खुद को सँभालने के बाद वह बोली। 'वह वाकई ख़ास है। वह काफ़ी मशहूर है। सभी उसके बारे में जानते हैं!'

'वह कहाँ रहता है?'

'बहुत दूर नहीं। तुम चर्च के पीछे वाले नर्सरी स्कूल को जानती हो न? उसके पीछे एक टोफू (सोयाबीन का पनीर) बनाने वाली फैक्ट्री है, और उसके बायीं तरफ़ एक चक्की है। जानती हो उस चक्की को पार करने के बाद, एक

स्कूल आता है। वही, जहाँ बच्चे जाते हैं। उसके पीछे...' बिल्ली की आवाज़ मंद पड़ गयी।

'हे भगवान, और? तो उसके पीछे क्या है?'

'वैसे, जानती हो—मुझे भी दरअसल नहीं मालूम,' बिल्ली ने स्वीकार कर लिया।

'क्या? क्या तुम मुझे घुमा रही हो?'

'नहीं, नहीं। मैंने एक बिल्ली के मुँह से यह सब सुना है, जो एक संगीतकार के घर में रहती है। यह घर स्कूल के पीछे कहीं है। मुझे लगता है, उसका मालिक किसी तरह का वाद्ययंत्र बजाता है।'

'ठहरो। इससे मेरे बच्चे का क्या लेना-देना? मुझे यकीन नहीं हो रहा कि मैं तुम्हारी बात सुन रही हूँ। शर्म की बात है।' स्क्रैग्ली ने बिल्ली को एक तरफ़ धकेल दिया।

बूढ़ी बिल्ली के बाल रोमांच में खड़े हो गये।'वहीं तो तुम्हारा बच्चा रहता है! उस बिल्ली वाले घर में!'

'वह वहाँ रहता है?'

'मेरे सूत्र के हिसाब से, हाँ।'

'ओह!' स्क्रैग्ली मुस्कुरायी और बूढ़ी बिल्ली की तरफ़ मुड़ी, वह भी जवाब में हँसी।

स्क्रैग्ली ने तेज़ी से दौड़ना शुरू कर दिया, गली में लगभग उड़ते हुए। अँधेरा हो रहा था, लेकिन उसे चिंता नहीं थी। घर तो ठीक ही रहेगा। क्या वह उसे पहचान पायेगा? अब तो वह बहुत बड़ा हो गया होगा। स्क्रैग्ली सभी अद्भुत बातों की कल्पना करने लगी। उसने बिल्ली के निर्देशों का पालन करने की कोशिश की लेकिन उसे पक्का नहीं था कि कहाँ जाना चाहिए। वह स्कूल के आस-पास पहले भी जा चुकी थी लेकिन असल समस्या उसके बाद की

थी। वह अन्दाज़ा नहीं लगा पा रही थी कि वह संगीतकार कहाँ रहता है। इतना अँधेरा था कि उसे कुछ दिखाई नहीं दे रहा था। और वह घर को भी खाली छोड़ आयी थी। उसे कल यहाँ दोबारा दिन के समय आना होगा। स्क्रैग्ली अफ़सोस के साथ वापस मुड़ गयी और बार-बार पीछे मुड़कर देखती रही। वह लगभग तैरते हुए घर चल पड़ी। उसने कसम खायी कि अगली बार जब बूढ़ी बिल्ली मिलेगी तो वह जो चाहती है, स्क्रैग्ली वही कर देगी। यकीनन, दोस्त के तौर पर एक बिल्ली का होना थोड़ा अजीब था लेकिन वह अपनी नयी दोस्त को खुश करने के लिए आसानी से ननद जी को चिढ़ा तो सकती ही थी।

क्या कोई घर पर नहीं था? घर के गेट तक जाते-जाते स्क्रैग्ली तनाव से भर गयी। अभी तक तो दादी को घर आ जाना चाहिए था, लेकिन खिड़कियों से अँधेरा दिखाई दे रहा था और घर एकदम शान्त था। उसके बाल सिरे से खड़े हो गये। कुछ ठीक नहीं लग रहा था। वह बुरी-सी गंध कैसी थी?

'इतनी चुप्पी क्यों है?' उसने पुकारा। 'अरे, ननद जी!'

कोई जवाब नहीं।

'मज़ाक करना बन्द करो और बाहर निकलो!' स्क्रैग्ली चारों तरफ़ देखते हुए आँगन के बीचोंबीच खड़ी हो गयी। उसने अपनी आँखें सिकोड़ीं और कान उठाये। उसे दीवार के साथ लगी कद्दू की बेल में से कुछ आवाज़ सुनाई दी। वह दौड़ कर वहाँ गयी। वह जितना नज़दीक गयी, वह गंध और भी तेज़ होती गयी।

'स्क्रैग्ली...'

वह आखिरी साँसें गिनती बूढ़ी बिल्ली थी। उसकी बगल में ननद जी का शरीर पड़ा था जो पहले ही अकड़ चुका था।

'लानत है,' बूढ़ी बिल्ली ने कराह कर कहा। 'उसने मुझे पकड़ ही लिया।'

'जाग जाओ!' स्क्रैग्ली ने अपने पैर पटकते हुए कहा, लेकिन वह बता सकती थी कि अब बहुत देर हो चुकी है।

   कुत्ता जिसने सपने देखने की हिम्मत की

'किसी को बताना मत कि एक मुर्गी ने मेरा काम तमाम कर डाला, ठीक है?' बूढ़ी बिल्ली की साँसें उखड़ने लगीं।

स्क्रैग्ली ने हामी में सिर हिलाया। 'हिम्मत रखो।' वह बूढ़ी बिल्ली के ज़ख्म को चाटने लगी।

बिल्ली ने अपनी आँखों को खुला रखने की कोशिश करते हुए पलकें झपकायीं। 'अरे, देखो...तुम फिर चमक रही हो। मैंने कहा था न कि तुम अलग हो।'

'मुझे यकीन है कि तुम्हारी आँखों का वहम है।'

'नहीं, जितना अँधेरा होता है, उतना ही बेहतर मैं तुम्हें देख पाती हूँ।'

स्क्रैग्ली ने नीचे अपने आगे वाले पंजों को देखा। उसका फ़र वाकई अलग-सा लग रहा था। यह बूढ़ी बिल्ली के शब्दों की वजह से था, या चाँद की रौशनी के कारण? बिल्ली ने काँपना बन्द कर दिया।

'हे!' उसने बिल्ली को हिलाया लेकिन बिल्ली ने अपनी आँखें दोबारा नहीं खोलीं। स्क्रैग्ली लम्बे समय तक चकराई हुई वहाँ स्थिर बैठी रही। उसके लिए, बूढ़ी बिल्ली हमेशा से एक गुस्सा दिलाने वाली, घिनौनी-सी पड़ोसन थी, एक दोस्त तो कभी नहीं। लेकिन वह उसे लम्बे समय से जानती थी। और कल वह वहाँ दीवार पर बैठी हुई नहीं दिखाई देगी। उसकी आँखें भर आयीं। वह नितान्त अकेली थी। उसने अपने मुँह में बिल्ली के अब स्थिर और मुलायम शरीर को उठाया और बगल वाले घर की तरफ चल पड़ी। वह जानती थी कि बूढ़ी बिल्ली घर पर ही होना चाहेगी, मौत में भी।

सर्दी की ठिठुरन

कॉ, कॉ, कॉ।

स्क्रैग्ली ने अपनी आँखें खोलीं और बाहर देखा। ठंड में सिकुड़े रहने से उसके शरीर में दर्द हो रहा था। पाले से ढँके तेंदू के पेड़ पर एक नीलकंठ पक्षी अपने पंखों को सँवार रहा था। पेड़ की चोटी से लटकते हुए फल कुछ ज़्यादा ही लाल लग रहे थे। खिड़कियाँ अब भी बन्द थीं। कल कोई भी घर नहीं आया था। उसका खाने का कटोरा सामान्य से अधिक खाली और ठंडा लग रहा था। स्क्रैग्ली को याद आया कि ननद जी तो उन जमी हुई पत्तियों के नीचे ही रह गयी थीं, इसलिए वह कद्दू की बेल की तरफ़ गयी। उसके शरीर पर कोई निशान नहीं था। बूढ़ी बिल्ली ने जल्द ही उसका खात्मा कर डाला होगा। ऐसा लग रहा था मानो वह ओस के कम्बल के नीचे बस सो रही हो। स्क्रैग्ली ने ऊपर दीवार की तरफ़ देखा जो पाले में चमक रही थी। कोई बिल्ली नहीं। तो, पिछली रात कोई सपना नहीं थी।

स्क्रैग्ली सब्ज़ी के बगीचे से निकली। सारी पत्तागोभी जम गयी थीं। अगर दद्दा स्क्रीचर होते तो वे खेत में एक भी पत्तागोभी नहीं छोड़ते। इतना ही नहीं, आँगन में पत्तियों के ढेर भी न लगे होते, ओसारे का दरवाज़ा खुला और चरमरा नहीं रहा होता, और सारे दिन टपकते रहने की बजाय सारे नल कस कर बन्द होते। वह इतनी भूखी नहीं होती। स्क्रैग्ली ने अँगड़ाई ली। उसकी साँस से हवा में सफ़ेद गुबार बनता और गायब हो जाता। हालाँकि वह भूखी थी और ठंड

से ठिठुर रही थी, लेकिन कुछ था जो उसे करना ही था। क्या वह उसे पहचान पायेगी? वह घर से निकली और पिछली रात के रास्ते पर चल पड़ी। लेकिन स्कूल के पीछे जाकर वह फिर रास्ता भटक गयी। उस संगीतकार का घर कहाँ हो सकता था? वैसे एक संगीतकार कौन होता है?

अगर उसे इन्तज़ार करना पड़ा तो वह सारा दिन इन्तज़ार करेगी। अगर वह बड़ा होकर ऐसा कुत्ता बन गया है जिसे हर कोई जानता है, तो वह भी उसे पहचान लेगी। कुछ भी हो, वह उसका बच्चा था। स्क्रैग्ली कुछ गर्माहट महसूस करने के लिए गली में टहलती रही। उसने स्कूल के आस-पास की सभी सड़कों पर जाकर देख लिया। हो सकता था कि वह दूसरे रास्ते पर हो और उसका बच्चा दूसरी तरफ़ से निकल रहा हो, इसलिए वह घूमते हुए चारों तरफ़ देखती भी जा रही थी। उसे कितनी ठंड लग रही थी और वह कितनी भूखी थी, यह सोचने का तो उसके पास वक्त ही नहीं था। वह एक फूल की दुकान के सामने भौचक्क होकर रुक गयी। वह वहीं था। वह सफ़ेद कुत्ता। वह लम्बा-चौड़ा था, सीधे कान और लम्बी टाँगों वाला। लेकिन उसे एहसास हुआ कि जिस कुत्ते को वह घूर रही थी उसका फ़र सफ़ेद कुत्ते से लम्बा था। और उसके सफ़ेद फ़र में भूरे रंग का पुट था। स्क्रैग्ली मुस्कुरायी। यह वही था। अपने पिता से कितना मिलता-जुलता। लेकिन अब वह उसे बच्चा नहीं कह सकती थी; वह अब बड़ा हो गया था। उसका दिल ज़ोर से धड़कने लगा। वह उसकी तरफ़ आने लगा तो स्क्रैग्ली उसकी तरफ़ अर्थपूर्ण निगाहों से देखने लगी। अब उसे समझ आया कि बूढ़ी बिल्ली का क्या मतलब था; वह बहुत आत्मविश्वास भरे भाव से अपने मालिक को राह दिखा रहा था—उसका मालिक देख नहीं सकता था—और वह चमड़े का पट्टा पहने था। 'नन्हे बच्चे...' उसने हल्के से स्वर में कहा ताकि उसका ध्यान न भटके।

वह उस पर ध्यान दिये बगैर गुज़र गया। उसे बुरा नहीं लगा। उसे हल्के क़दमों से ख़ुशी-ख़ुशी दुम हिलाते हुए चलता देख उसका दिल अभिभूत था। बूढ़ी बिल्ली एक सच्ची दोस्त थी। अभी तक वह यही मानती रही थी कि उसके

सभी बच्चों के साथ कुछ बहुत बुरा हुआ होगा, लेकिन उसे एहसास हुआ कि वह गलत थी। यह उसी का एक बच्चा था, वयस्क और आत्मसम्मान से पूर्ण।

स्क्रैग्ली कुछ दूरी बना कर दद्दा स्क्रीचर के कबाड़ की दुकान के सामने वाले तिराहे तक उसके पीछे-पीछे चलती रही। उसका बच्चा उस गली की तरफ़ मुड़ गया जिसमें वह कभी नहीं गयी थी। वह रुक गयी। दद्दा की शटर से बन्द दुकान से उसे याद आया कि उसका घर खाली पड़ा है, और वह जानती थी कि अब वह इतनी छोटी नहीं है कि अपरिचित इलाके में जाने का जोखिम उठा सके।

'अलविदा, छोटे बच्चे।' स्क्रैग्ली ने अपने बच्चे की तरफ़ सिर हिलाया, जो ख़ुशी-ख़ुशी चलता रहा। वह मुड़ी और उसने पीछे मुड़ कर नहीं देखा।

जब वह नेशनल एग्रीकल्चरल कोऑपरेटिव के नुक्कड़ पर पहुँची तो स्क्रैग्ली ने चानू की कार देखी। वह उसमें से सामान उतार रहा था। इसका मतलब था कि दद्दा स्क्रीचर घर पहुँच चुके थे। स्क्रैग्ली गली में तेज़ी से घर की तरफ़ दौड़ चली। वह उनकी गंध तो सूँघ सकती थी लेकिन वह उन्हें देख नहीं पायी। फिर उसने दद्दा को कराहते हुए एक संकरी-सी सूखी हुई नहर में पड़े पाया। वे ज़रूर फिसल कर गिर पड़े होंगे।

भौंकती हुई स्क्रैग्ली लुढ़कते हुए उन तक पहुँची और दद्दा स्क्रीचर के करीब जाकर दुबक गयी। वे काँप रहे थे, उनके माथे से खून निकल रहा था। वह ज़ोर से भौंकने लगी ताकि चानू उसकी आवाज़ सुन ले।

'स्क्रैग्ली...' दद्दा ने उसे हल्के से खींचते हुए कहा। उनकी ठंडी उँगलियों को महसूस करके स्क्रैग्ली घबरा गयी।

'ओह, हे भगवान!' दादी दौड़ी आयीं और जल्दी-जल्दी उस गड्ढे में उतरने लगीं। 'मैं बहुत शर्मिंदा हूँ!'

'ओह...'

'मैं आगे चली गयी थी कि घर को थोड़ा गर्म कर लूँ। मुझे लगा, चानू पीछे-पीछे आ रहा है!'

दद्दा स्क्रीचर कराह रहे थे। चानू अपने पिता की उठने में मदद करने के लिए दौड़ा। उसने उन्हें पीठ पर उठा लिया। स्क्रैग्ली इस बुजुर्ग की शिथिल झूलती बाँहों और टाँगों को घूरती हुई साथ ही चलने लगी। सभी लोग हड़बड़ाते हुए घर के अन्दर चले गये और स्क्रैग्ली बाहर ही रही। तेज़ सूखी और ठंडी हवा में आँगन में पत्तियां मँडराती रहीं।

कुछ दिनों बाद, घर फिर खाली हो गया। दद्दा स्क्रीचर को सुबह जल्दी ही अस्पताल ले जाया गया था। देर रात में येओग्सिओन कुछ चीज़ें अस्पताल ले जाने के लिए आयी और उसके बाद कोई वापस नहीं आया। स्क्रैग्ली को ठंडे और सख्त चावल का एक ढेर खाने के लिए दिया गया। उसके पास पानी नहीं था। वह बहुत डरी हुई थी।

कॉ, कॉ, कॉ, तेंदू के पेड़ पर लगे एकमात्र फल पर चोंच मारते हुए नीलकंठ पक्षी चिल्लाया। अगर यह पक्षी वहाँ आना बन्द कर देता तो स्क्रैग्ली सच में बिलकुल अकेली हो जाती। उसे बूढ़ी बिल्ली का आस-पास न होना भी अखर रहा था, चाहे वह महज़ खिल्ली उड़ाने के लिए ही आये। उसे ननद जी की भी याद आती। अकेले रहने से तो वह खिजला देने वाली मुर्गी भी बेहतर थी। काश, वह सो ही पाती। खाली पेट उसे और भी ठंड महसूस होने लगी। हालाँकि उसने खुद को गुड़ीमुड़ी कर लिया था। अगर पिंजरा खुला होता तो वह अन्दर चली गयी होती; कम से कम वहाँ एक कम्बल तो था। उसका शेड तो बेहद ठंडा था।

'कोई घर पर है?' एक्युपंक्चरिस्ट ने अन्दर कदम रखा।

स्क्रैग्ली ने अपनी टाँगों के अगले भाग को चाटते हुए भोजन की गंध सूँघी और अपना सिर बाहर निकाला।

उस महिला ने सामने का दरवाज़ा खोलने की कोशिश की लेकिन उसमें ताला लगा देख वह स्क्रैग्ली की तरफ़ मुड़ी। 'बेचारी। अपने मालिक के साथ इसे भी भुगतना पड़ रहा है।' मुँह बनाते हुए उसने स्क्रैग्ली के कटोरे में खाना

 कुत्ता जिसने सपने देखने की हिम्मत की

डाल दिया। स्क्रैग्ली को उम्मीद थी कि उसे सूप मिलेगा लेकिन वे किमची पैनकेक थे। वह जल्दी-जल्दी उन्हें खा गयी।

'पता नहीं उनकी सर्जरी ठीक से हो गयी है या नहीं,' वह महिला जाने से पहले बुदबुदायी।

स्क्रैग्ली का गला भर आया। दद्दा स्क्रीचर ज़रूर बहुत बीमार होंगे। वह काँपने लगी। उसे कुछ और खाना भी खाना था। भूख से उसकी अंतड़ियाँ खिंचने लगीं। वह धीरे-धीरे गेट से बाहर निकल गयी। उसके घुटने दुख रहे थे। अपने काँपते पैरों को साधते हुए वह खेतों के आस-पास घूमने लगी। रात में बर्फ़ पड़ी थी इसलिए बाहर और भी ठंड बढ़ गयी थी। कहीं कुछ भी खाने को नहीं था। वह एक्युपंक्चरिस्ट के यहाँ चली गयी। वह उससे कृतज्ञतापूर्वक कुछ भी ले लेगी, किमची के और पैनकेक्स भी।

एक्युपंक्चरिस्ट का कुत्ता उसे देखकर गुर्राने लगा और अपने दाँत दिखाने लगा। वह काफ़ी बड़ा हो गया था और शक्ल से अड़ियल दिखता था। वह अब उस छोटे से बातूनी पिल्ले से बहुत अलग दिख रहा था जो एक बार उसके पास बात करने और दोस्त बनने की उम्मीद लेकर आया था। 'तुम अब कुछ भी नहीं हो,' उस कुत्ते ने खिल्ली उड़ाई।

स्क्रैग्ली को अपना चेहरा शर्म से लाल होता महसूस हुआ। वह वापस मुड़ जाना चाहती थी लेकिन उसके शरीर ने उसकी एक न सुनी। उस कुत्ते के सामने रखा कटोरा गर्म-गर्म खाने से भरा हुआ था। वह इतनी शिद्दत से खाना चाहती थी कि उसकी आँखों में आँसू भर आये। बिना कुछ सोचे वह आगे दौड़ी और उसमें से एक निवाला खा लिया।

'तुम्हें क्या लगता है, तुम क्या कर रही हो?' कुत्ता चिल्लाया और उसके कन्धे पर काट खाया। उसके नुकीले दाँतों ने स्क्रैग्ली के माँस को चीर दिया। लेकिन उसके मुँह में जो था वह उसे किसी तरह से निगल गयी। वह और खाना लेने के लिए आगे बढ़ी लेकिन वह अब भी उसके कन्धे को पकड़े था;

उसने स्क्रैग्ली के कन्धे को ज़ोर से हिलाया। वह नीचे गिर गयी। वह अब रोना चाहती थी।

'एक कुत्ता अपने मालिक की किस्मत का ही पालन करता है,' कुत्ते ने चेतावनी दी। 'सुनने में आ रहा है कि वह बूढ़ा आदमी मौत की कगार पर है। तुम्हें नहीं लगता कि तुम्हारा बर्ताव बहुत शर्मनाक है?'

उसे चले जाना चाहिए। जो खाना उसने निगला था वह उसके गले में ही अटक गया। वह काँपने लगी। तेज़ ठंडी हवा उसके ज़ख्म को कोचने लगी।

घर वापस आकर अपने शेड के सामने वह ज़रा हिचकिचाई। वह अन्दर नहीं जाना चाहती थी। लेकिन कहीं और जाने को था ही नहीं। जब वह जागेगी तो वे जल्द ही घर आ चुके होंगे। वह अन्दर आ गयी और सिमट कर लेट गयी। ठंड से उसकी हड्डियाँ तक कुड़कुड़ाने लगीं, और वह और भी कस कर गुड़ीमुड़ी हो गयी।

दोस्ती का रास्ता

'तुम्हें क्या हुआ?'

स्क्रैग्ली ने अपनी आँखें खोलीं। दद्दा स्क्रीचर का झुर्रीदार चेहरा उसके करीब था। वह उन्हें चाटना चाहती थी लेकिन उसका मुँह खाने से भरा था। वे उसके मुँह में दलिया डाल रहे थे।

'ऐसे नहीं चलेगा...' जब स्क्रैग्ली ने खाए हुए को उलट दिया तो उनके चेहरे की रेखाएँ और गहरी हो गयीं। उनका दुबला-पतला हाथ उसकी गर्दन, पेट और टाँगों को सहलाने लगा। लेकिन उनका हाथ न तो गर्म महसूस हो रहा था, न ही मुलायम; वह कुछ महसूस नहीं कर पा रही थी।

'मैं खिलाती हूँ,' दादी ने उनके हाथ से चम्मच लेते हुए कहा। 'आप जाइये और आराम कीजिये।'

दद्दा स्क्रीचर दीवार के सहारे किसी तरह खड़े हुए। स्क्रैग्ली और उन्होंने एक-दूसरे को देखा। वे बहुत दुबले और बहुत बूढ़े हो गये थे। उनके गाल की हड्डियाँ निकल आयी थीं। 'खाओ, खाओ। ताकि तुम ज़िन्दा रह सको। कम से कम तुम्हें तो ज़िन्दा रहना चाहिए।' उनकी आँखें इतनी अन्दर धँसी थीं और इतनी पारदर्शी लग रही थीं मानो वे कहीं और देख रहे हों।

स्क्रैग्ली ने चारों तरफ़ देखा। काफ़ी गरम और आरामदेह माहौल था। वह रसोई में थी।

'यह लो, खाओ,' दादी ने उसके मुँह में दलिया डालते हुए कहा। 'तुम्हारा ज़िन्दा रहना ज़रूरी है ताकि तुम्हारे मालिक में कुछ उम्मीद जागे।'

स्क्रैग्ली खाना चाहती थी, लेकिन वह निगल नहीं पा रही थी। कुछ सख्त चीज़ उसके सीने पर रखी थी। उसने फिर उलटी कर दी। दादी ने लम्बी आह भरी और कोशिश करना छोड़ दिया। स्क्रैग्ली का सिर चकराने लगा। उसने अपनी आँखें बन्द कर लीं। अब उसे ठंड नहीं लग रही थी और दद्दा स्क्रीचर वापस आ गये थे। वह चाहती थी कि सब कुछ बिलकुल ऐसा ही रहे। वह फिर सो गयी। जब वह जागी तो उसका सिर इतना चकरा रहा था कि वह अपनी आँखें भी नहीं खोल पायी। वक्त-वक्त पर उसके आस-पास जो हो रहा था वह उसे सुनाई दे रहा था, हालाँकि उसकी आँखें बन्द थीं लेकिन वह आस-पास की बातें सुन पा रही थी। दादी हड़बड़ी में इधर-उधर आ-जा रही थीं। दद्दा स्क्रीचर कराह रहे थे। यह सब ऐसे सुनाई दे रहा था मानो बहुत दूर से आवाज़ें आ रही हों।

'मुझे माफ़ करना लेकिन मैं नहीं चाहती कि वे तुम्हें इस हालत में देखें। इससे बदकिस्मती आती है।' दादी स्क्रैग्ली को उठाने की कोशिश करने लगीं। उसे बाहर रख दिया गया; दादी ने कुछ देर तक उसे सहलाया। बाहर बेहद ठंड थी, लेकिन फिर भी उसे न तो ठंड लग रही थी न ही उदासी लग रही थी। जो तेज़ हवा चल रही थी, उसे वह अच्छी और ठंडी लग रही थी। वह ऊँघती रही। जब वह जाग रही होती तब भी आँखें नहीं खोलती। अचानक उसे लगा कि उसे उठ कर खड़े हो जाना चाहिए। उसे अपने शेड में जाना चाहिए। वह धीरे से उठ खड़ी हुई। उसका शरीर अकड़ गया था। बेशक, उसने कुछ खाया ही नहीं था। और लम्बे समय से वह चली-फिरी भी नहीं थी। लेकिन कुछ था जो अलग था। उसके पीछे वाला एक पैर हिल ही नहीं रहा था। वह उस मुड़े हुए पैर के कारण ठीक से चल नहीं पा रही थी। स्क्रैग्ली लुढ़क गयी और बहुत देर तक वैसे ही पड़ी रही। आखिरकार

वह उठी और लड़खड़ाते हुए चलने लगी। वह कुछेक बार गिरी लेकिन किसी तरह से अपने शेड तक पहुँच गयी।

अगर वह कुछ और सो ले तो वह बेहतर महसूस करेगी। वह जितनी आरामदेह स्थिति ढूँढ सकती थी, उसमें लेट गयी। उसने अपनी आँखें बन्द कर लीं। बहुत दूर से आती हुई संगीत की आवाज़ उसे सुनाई दी। उसका मन भर आया।

घर से सिसकियों की आवाज़ें सुनाई दे रही थीं। वह लोगों को जल्दी-जल्दी आते-जाते, रोते सुन सकती थी। स्कैग्ली ने अपनी आँखें खोल कर देखने की कोशिश की कि क्या हो रहा है, लेकिन उसकी पलकें बहुत भारी थीं। वे एक साथ चिपक गयी थीं। वे अलग होने का नाम ही नहीं ले रही थीं। शान्ति और सुकून का एक क्षण महसूस हुआ; हर चीज़ ठहर गयी। अब उसे अपनी आँखें खोल कर खड़े हो जाना चाहिए।

'स्कैग्ली?' यह दद्दा स्क्रीचर की आवाज़ थी।

उसने अपना सिर उठाया। उसे बहुत हल्का महसूस हुआ। वह भी इतने उत्साहित लग रहे थे कि उसमें भी ऊर्जा का संचार हो गया। जब उसने आखिरकार आँखें खोलीं तो सूरज बहुत चमकीला लग रहा था। जल्द ही उसकी आँखें उस चमक की आदी हो गयीं। तेंदू का पेड़ पत्तों से लदा हुआ था। फूलों की क्यारियों में ढेर सारे फूल खिले थे।

'स्कैग्ली?' दद्दा स्क्रीचर ने फिर पुकारा।

उसने पलकें झपकायीं। वह आवाज़ पेड़ से आ रही थी। या, उस घोंघे जैसे जीने से। आसमान की पृष्ठभूमि में विशाल तेंदू का पेड़ खड़ा था। यह पेड़ कब इतना बड़ा हो गया? सीढ़ियाँ हरी शाखाओं से ढँकी थीं जो असीम तक जा रही थीं।

दद्दा स्क्रीचर उसे बुलाते हुए सीढ़ियाँ चढ़ रहे थे। उनके पीछे भागते-

दौड़ते उसके पिल्ले आ रहे थे; उसका चित्तियों वाला भाई जो बगीचे में मर गया था और उसका सबसे पहला काला वाला कमज़ोर पिल्ला। स्क्रैग्ली मुस्कुरायी और छलाँग लगा कर उस तरफ़ दौड़ गयी। जिन पिल्लों को चलने का भी मौका नहीं मिला था वे अब सीढ़ियाँ चढ़ रहे थे, और उसके बुज़ुर्ग दोस्त उसे बुला रहे थे।